新潮文庫

宇宙のあいさつ

星新一著

2386

目次

宇宙のあいさつ

宇宙のあいさつ

あざやかな赤い色のボタンが、軽く押された。壁に並んでいる、かず多くのボタンのうちの一つだった。装置はものうい響きをあげながら、ただちに指示に従った。そして、原爆の弾頭をつけたミサイルを送り出した。

その、つめたい銀色をした忠実な猟犬は、うれしそうに飛び立っていった。噴射している紅（くれない）の炎は、獲物をねらって舌なめずりをしているようにも見えた。

「さあ。うまく目標に命中するよう、電波の誘導をつづけてくれ」

「はい」

「それから、どのような妨害があるか、監視をおこたらないでくれ。なれた作業だからといって、油断するなよ」

艇長は宇宙船の司令室から、正確な口調で命令を告げた。部下たちがきびきびした動作で活動に移りはじめるのをたしかめ、彼は硬質ガラスでできた、側面の窓のそとに目をやった。

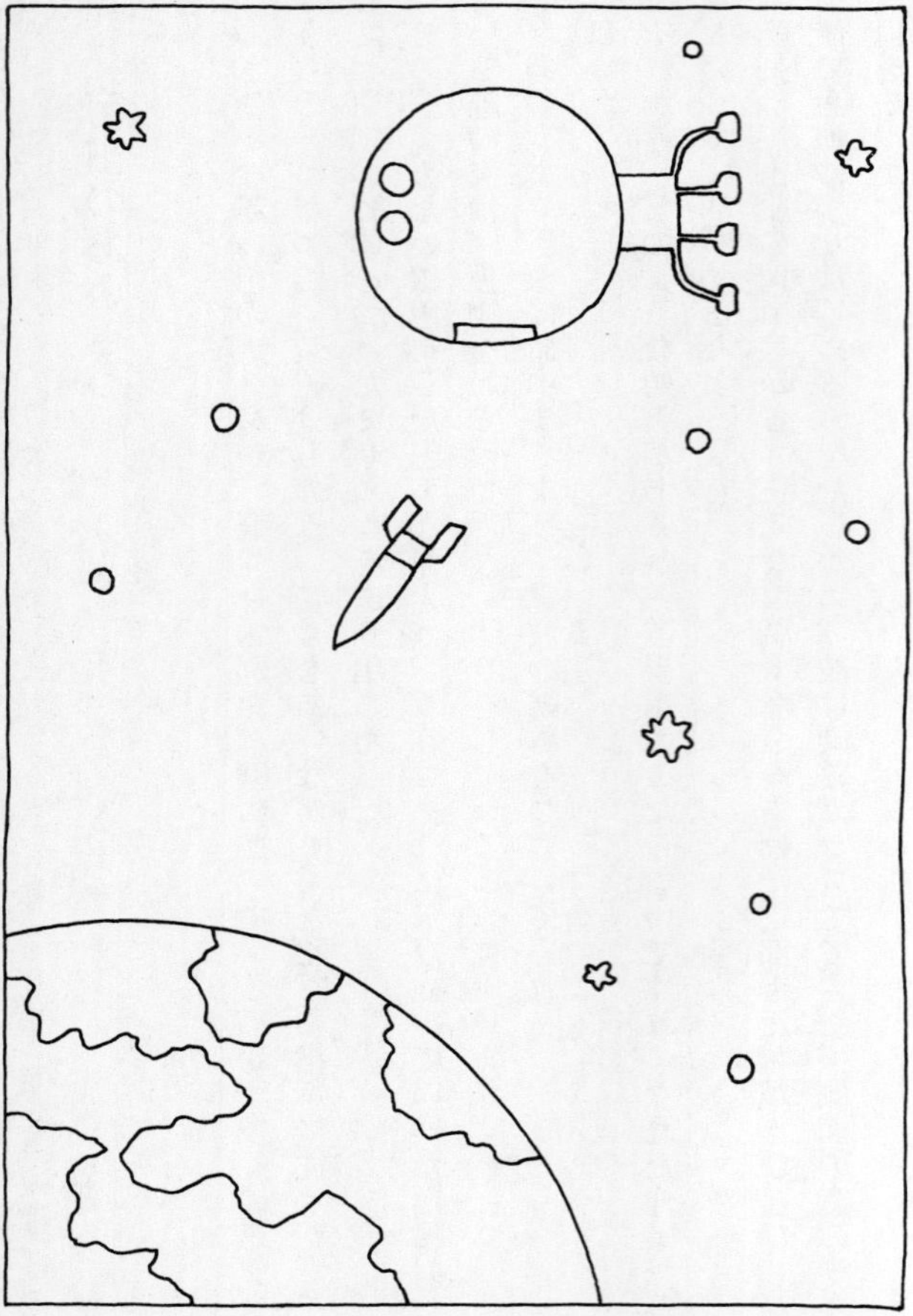

凍った黒インキの湖に散った、限りない宝石。暗黒と星くずだけの、あきるほど見なれた宇宙船の眺めがひろがっている。しかし、前方の窓のそとの光景はちがっていた。はげしい黄色に輝いている、この星系の太陽。その手前には、なにも知らぬげに浮いている一つの惑星。いま、ミサイルが近づきつつある目標だった。

といって、ただ面白半分に、ミサイルが発射されたわけではない。五十時間ほど前にこの惑星を発見してから、宇宙船を停止させ、各種の観測をおこなった。そして、多くの点で地球に似た条件をそなえていることが判明した。計算機はいそがしげに動き、自転も公転も地球のそれに近いことを答えてくれた。気温はいくらか高めらしい。

小さな無人偵察ロケットは、夜の側にひそかに接近し、そこの大気を持ちかえってきた。待ちかまえていた生物班は、それをモルモットの飼育箱に送りこんだ。新陳代謝を早める薬を注射されたモルモットたちは、しかし、なんの症状もあらわさなかった。その結果、地球生物に害はないらしいと思われた。

艇長は高倍率の望遠鏡をのぞいた。ちぎれ雲を含んだ大気の底には、いくつかの美しい都市が見え、地球人に似た住民が歩きまわっている。その部分をさらに拡大してみると、老人らしいものもみとめられた。もしかしたら、地球よりも健康地である可能性もある。

これらのすべてが検討され、その上でミサイルのボタンが押されたのだ。

隊員の一人が司令室に報告に来た。

「艇長。ミサイルの進路は順調です。まもなく命中しましょう」

「よし」

「しかし、それにしても気の毒ですね」

だが、声はさほど同情の響きをともなっていなかった。艇長はうなずく。

「ああ。気の毒なことはたしかだ。しかし、中止するわけにもいかないだろう。地球文明も、かつての純真な青年期だったら、それを理由に中止する気になったかもしれない。しかし、いまや宇宙に進出した壮年期だ。ものごとを現実的に処理しなければならない」

「わかっています。人類の欲望には限りがありません。それをみたすには、植民地を獲得しつづけるほかにありません。わたしたちの任務です。わたしたちが仕事を怠ったら、地球はまた昔に戻ってしまいます。おたがいに争い、想像しただけでも恐ろしい……」

隊員はこの宇宙船につんである武器のリストを頭に浮かべ、それが地球上で使われる場合を考えてか、言葉をにごした。艇長は茶色のボタンを押し、コーヒーを装置から出した。それをすすめながら言った。

「その通りだ。しかも、われわれは能率よく仕事をしなければならない。不毛の惑星を手に入れ、膨大な費用をかけて改造するのでは、どうにもならない。その点、こんどの星は非常に有望のようだ」

隊員はコーヒーを飲み終え、カップを洗浄口に投げこみ、思いついたように聞いた。

「しかし、壮年期はいつまでつづくのでしょうか。いったい、老年期はいつ、どんな形で訪れてくるのでしょう」

「わからんな。だが、そんなことを気にすることはないだろう。遠いさきの話だ。われわれとは、なんの関係もない。……そろそろ、命中の時刻ではないか」

と艇長は各部門の隊員に報告を求めた。ミサイルはべつに妨害をうけることなく、静かに進行中らしかった。

艇長はふたたび望遠鏡に眼を押しつけた。やがて、ミサイルが命中し、鋭い光がひらめき、黒い煙のひろがるのがみとめられた。

彼はしばらく緊張をつづけた。だが、惑星からはなんの反撃もおこらなかった。

「よし。抵抗はないようだ。注意しながら、着陸に移ることにする」

宇宙船は活気をおび、身をふるわせた。噴射がはじまり、惑星へむかって速力をあげた。

レーダーは電波を吐き、また吸った。不審のにおいがあればすぐにかぎわけ、対抗の武器が用意される。

しかし、警報のベルはいっこうに鳴らなかった。望遠鏡の奥では、住民たちがあわてふためいているが、応戦のけはいは感じられなかった。

ロケットはしばらく、一定の高度で滞空していたが、命令とともに一気に下降した。

「さあ、接地だ。われわれに対抗できる武器を持たない相手のようだ」

そして、煙の薄れかけている、原爆による破壊のあとに着陸した。放射能をともなわない原爆であったし、この惑星固有の放射能も少量らしく、ガイガー管は静かに安全性を示していた。

「艇長。高級な星のようです」

窓からのぞきながら、べつな隊員が言った。破壊した地区の果てには、色彩と曲線に富んだ、清潔な建物が並んでいる。ビルの壁には、手のこんだ彫刻もほどこされている。隊員の目はうっとりとしていたが、油断をしてはいなかった。怪しい変化があれば、彼の指はピアニストのように動いてボタンを操作し、その対策を一瞬のうちに実行する。

「ああ、そのように思える」

艇長は望遠鏡を動かした。こんどは、地球人に似た住民たちの、表情まで観察することができた。遠くからこちらをうかがっている住民たちの顔からは、驚きは感じられても、敵意らしいものは伝わってこなかった。

「やつらは、呆然（ぼうぜん）としているようです。艇長。手むかいする気のない、だらしない連中です。さあ、出てみましょう」

艇長は各部門の報告をまとめ、判断を下した。

「斥候（せっこう）を出そう。五人ほど行って調べてきてくれ。だが、注意をおこたるなよ」

武器をかまえながら、数名の隊員が都市の中心らしい方角にむかっていった。

斥候の一団は、予想したよりも早く宇宙船に戻った。艇長はそれを迎えて、ふしぎそうに聞いた。

「いやに早かったな。どうしたのだ」

「そう苦労して調査することもありません。もっと便利な方法を発見しました」

「それはなんだ」

「住民を三人ほど連れてきました。こいつらに聞いたほうが簡単です」

「それができるのなら、申しぶんない。しかし、われわれは今までに、地球型の住民とも何回か接触した。それでも、言語が通じるまでには、けっこう時間がかかったぞ。ここではどうなのだ」

「しばらくしゃべっているうちに、相手のほうで、こちらの言葉を話しはじめました」

「語学の才能でもあるのか」

「それはないようです。しかし、小さな装置を持っていて、それを通じて話してきました。万能の翻訳機のようです」

「武器はないくせに、文明は高いらしいな。……まあいい、ここへ連れてこい」

三人の住民が案内されてきた。ゆるやかな服を着ていて、青年のように思えた。だが、なぜか活気のない表情だった。

「おい。こちらの話がわかるか」

と、艇長が話しかけてみると、手にしている受話機のようなものを耳と口に当て、その一人が答えてきた。

「わかります」

「便利な装置を持っているな。きみたちが作ったのか」

「ええ。正しくは、わたしたちの祖先が作ったものです。博物館のすみにあった品です。いまのわたしたちには作れません」

艇長はいくらか感心した。だが、翻訳機そのものについてより、優先すべき質問がたくさんあった。まず、第一に……。

「きみたちは、われわれに敵意を持っているか」

「持っていません」

「だが、都市を破壊され、腹が立っているだろう」

「べつに、腹も立ちません」

「では、強さを恐れているのだな」

「恐れてもいません」

「では、どうなのだ。われわれに対する感情を、率直に言ってくれ。好きか、きらいか」

「好きでも、きらいでもありません」

「信じられないことだ。その理由を言ってくれ」

「それは無理です。感情に説明をつけることはできません。あなたにはできるのですか」

艇長は答につまった。試みに他の二人の住民にも、同じことを聞いてみた。だが、やはり答は同じだった。彼は質問をさきに進めた。

「きみたちは、この星を自分たちで、なんと呼んでいるか……」

というのからはじめて、この星に関する多くの調査を、短期間のうちにまとめることができた。気候の温和なこと。住民たちの寿命は、現在のところ地球式に数えて二百歳ぐらいらしいこと。味のいい食料の豊富なこと。住民たちはあまり働かず、ゲームが好きらしいこと……。

艇長はもちろん、そのまま信じはしなかった。隊員たちにいちいち確かめさせた。しかし、すべては答の通りだった。

わけのわからないのは、感情をあまりあらわさないのと、どことなく活気のない点だけだった。医学班員は精密に健康診断をした。

「艇長。病気はないようです。作業をやらせてみると、反抗もせずに、なんとか働きます。欠陥があるとすると、精神的なものではないでしょうか」

「知能が劣っているというわけか」

「いいえ、知能はすぐれています。知能指数は、地球人よりも高いようです」

「理解できない現象だな。狂っているのか」

「そうでもないようです。みなが狂っているのなら、いちおうの秩序を保って、生活をつづけて行くことはできません」

「まあいい。そのような型の文明を作ってしまったのかもしれない。いずれ判明するだろう……」

艇長は資料を整理し、地球への報告を超電波によっておこなった。

〈われわれは新しい惑星を発見。気候は良好、住民の気質は従順……〉

地球からの指令がかえってきた。

〈すばらしい植民地の発見を謝す。当分はその開発を担当してもらいたい。保養地として適当と思う。観光航路をそこまで延長する。なお、召使いとして使用したいから、住民を送ってもらいたい……〉

やがて、空港が建設され、大型の宇宙船が発着しはじめるようになった。地球からの旅行者もやってきたし、ほかの惑星の宇宙基地からも休養に訪れてきた。平均寿命が二百歳と聞いて、その魅力で来る者もあった。ここにいれば、生命が伸びるだろうと思い、訪れた者はなかなか帰りたがらなかった。

宇宙船に空席のある時は、住民が乗せられ、地球へと送られていった。住民たちはべつに反抗もしなかった。力仕事は無理だが、命令には従い、欲はあまりなく、召使いとして好評を受けた。

いまはこの星の管理者を兼ねる、かつての艇長は、地球から大いに感謝された。

「感謝されるのはありがたいが、幸運による結果だ。こんな住民のいる、こんな星に偶然であっただけのことだ……」

彼は空港のそばの高いビルの一室で、ひとりつぶやく。窓からは涼しい風が流れこみ、都市は美しい。緑のなだらかな丘は郊外に起伏し、草花はかおり高く、食事の味はいい。川では魚がいくらでも釣れ、温泉もわく。

住民とのごたごたは起らないし、訪れた者の健康は、少なくとも悪化はしない。みな保養の目的をはたして帰ってゆく。

住民の性格に感化され、無気力になるのではないかという心配も、心配にとどまっていた。ほかの宇宙基地からきた人員も、さらに活気を持って休暇あけの仕事に戻ってゆく。

「……しかし、どうも、わけがわからない。なぜ、こう好都合なことばかりそろっているのだろう。いや、あまり順調すぎるための不安かな……」

その時、かつての部下、いまはこの星の地図作成を受けもっている男が入ってきた。

「艇長。のんきなもんですね」

「ああ。平穏すぎる。また新しい星を求めて、ミサイルを発射しに出かけたいくらいだ。ずいぶん、武器をいじらないからな」

「その武器のことです。ちょっとご報告にきました」

「なんの武器だ。地球から新兵器でもとどいたか」

「地球ではありません。この星です。気になる品物を発見しました」

「そんなものがあるとは思えないが、案内してもらおうか」

艇長は部下について、郊外にでかけた。古ぼけた建物、以前は倉庫に使われたと思われるものだった。つたの葉がからまり、扉を開くと古びたにおいがした。

部下はなかの機械を指さした。

「この装置です」

「用途はなんだ」

「複雑な構造で、調べるのに時間がかかりましたが、用途を知って驚きました。恐るべき兵器です。電磁波の力で、物質の結合力を一時的に失わせるものです……」

「早くいえば、どういうことになる」

「この電磁波を受けると、防ぎようがなく、一瞬のうちに物質はばらばらに分解してしまいます。あの時、これで応戦されていたら、宇宙船もわたしたちも空中で……」

と、部下はため息をついた。だが、艇長は落ち着いた声で言った。

「住民たちには、使いこなせないのだろう。この星は、無気力化の一途をたどっている」

「いや、構造は複雑ですが、使い方は簡単です。あの翻訳機と同じことです」

「それにしても、わけがわからない。なぜ、あの時に使わなかったのだろう。また地球に持ちこんだ形跡もないし、反乱を起す目的にしては、こんなかくし方はない」

「わたしも、ふしぎです。だからこそ、報告にあがったのです」

二人は顔をみあわせ、首をかしげた。しかし、今までの知識だけでは、その答を見いだすことができなかった。艇長は少しはなれた小川で、釣をしている少年をみつけた。持ってきた翻訳機を使って呼びかけてみた。

「ねえ、坊や。こっちへ来ないか」

「なあに」

坊やは釣竿を肩に、ゆっくりした歩き方でやってきた。

「この建物のなかの品、なんだか知っている……」

「うん。武器だよ」

「使い方は知っているかい」

「うん。簡単だよ」

艇長は部下とまた顔を見あわせ、それから質問をつづけた。

「こんなすごい武器があるのに、なぜ、地球人が来たとき使わなかったんだね」

「使ってもいいけど、相手にだって武器があるからね。つまらないけがをしたら、損じゃないか」

理屈の筋は通っている。しかし、どこか一点が、どうもものたりない。

「それなら、なぜ、こんな物を作ったんだい」

「祖先が作ったんだ。むかしの人にとっては意味があったんだろうけど、いまはだれも使う気にならないんだ」

「わけを話してくれないかい。なぜ、そう気持ちが変ったのかを」

強力な武器の持ち主たちが、どうして極端ともいえる平和主義者になったのだろうか。少年は草の上に腰をおろしながら言った。

「めんどうくさいな。もう知っているんじゃないの」

「いや、知らない。ぜひ話してくれないか」

少年は短く、結論だけを先に言った。

「この星には、未来がないからさ」

「未来がないって……。そんなことはないじゃないか。きみのような少年がいる。きみだって、いまに父親にもなるだろう」

「うん」

「未来はあるじゃないか」

「それは、あることはあるけど、あんまりないんだ。時間の問題だよ」

「というと……」

艇長は身を乗り出した。

「みな気がついたのは、だいぶ前のことなんだよ。そのころは、三百歳以上まで生きられた。だけど、いまは二百歳しか生きられない。ぼくは百八十歳ぐらいで死ぬんだろうな。一代ごとに、一割ぐらいずつ寿命が短くなっているんだ」

「そうだったのか」

「わかったみたいだね。死を賭けてまで守るべき未来がないんだ。また、戦いに勝っても、勝利品をのこす未来もないんだ……」

「わかったよ。心から同情する。しかし、防ぐ方法はないのかい」

「だめらしいよ。科学力の高かった祖先たちが、さじを投げ、あきらめたんだから」

艇長が部下をふりかえり、まばたきをしながら言った。

「気の毒な運命だな。種族としての寿命が終りにちかいらしい。老いたる種族なのだ」

「それではっきりしましたよ、艇長。すべてのなぞがとけた思いです。頭はいいが、気力がない。争いを好まない。味にうるさい。都市の掃除や草花つくりに熱心だ。ゲーム、温泉、釣。なにもかも老人の特徴です」

「しかし、地球へ連れていった住民は好評だそうだが」

「むかしの地球に爺(じい)やとか、婆(ばあ)やとかいう職業があったそうです。遊んでいてもつまらないから、まあまあといった程度に働いていたとか……」

艇長はうなずき、少年にむかって、なぐさめの声をかけた。

「知らないでいて悪かった。はげましようがない。しかし、きみたちの星は、われわれ地球人が立派に引きついであげるよ」

「そういけばいいけどね……」

と、少年はつまらなそうに答え、艇長は聞きとがめた。

「どういう意味だい」

「種族の寿命じゃないんだ。病気なんだよ」

「病気だって……」

「うん。祖先たちはすごかったんだ。あの武器を持って、宇宙に乗り出し、ほうぼうの星を支配した……」

少年の話し方には、青春時代をなつかしむ、老人のような調子があった。

「……だけど、ある星でしょいこんでしまったのさ。細胞に作用するビールスのように、遺伝子に作用する、ものすごく小さい伝染病だそうだよ」

「種族の老衰病とでもいうわけだな」

と艇長はふるえ声になった。

「うん。すぐにはわからなかったし、気づいた時には手おくれさ」

少年は、老人が過去の失敗を話す、自嘲めいた口調で言った。

「これは大事件だ。早く報告し、治療の対策を立てなくては、全人類がほろびてしまう」

「うまくいけばいいけどね。だけど、あの建物のなかの武器で驚いてしまうような、地球という星の科学で、できるのかな。ぼくたちの祖先にできなかったのに」

それを聞き、艇長は声をはりあげた。

「いったい、なんで早く教えてくれなかったんだ。ひどいじゃないか」

「聞かなかったからじゃないのかな。ていねいに、どうぞ教えて下さい、ってたのめば、だれかきっと教えたはずだと思うんだけどな……」

と、幼い少年は艇長を見あげた。その顔には、若者に対していだく羨望（せんぼう）と嫉妬（しっと）のまざりあった老人に特有の表情が……。

願望

エス氏は寝床に入ったものの、なぜか、なかなか眠りにつけなかった。彼はのんきな性質の持ち主で、いつもはすぐに眠ってしまう。しかし、その夜は少し様子がちがっていた。なにかが起りそうな予感がして、いくら待っても眠気が訪れてこないのだった。

「どういうわけだろう。コーヒーを飲みすぎたおぼえもないが……」

彼はうす暗い寝室のなかで低くつぶやき、何度か寝がえりを打ち、目をぱちぱちさせた。そして、なにかが起るとしたらどんなことだろうと、あれこれ考えてみた。しかし、いっこうに心当りはなかった。

きわめて平凡な日常生活をしていて、よいことも、悪いこともしていない。したがって、突然だれかが訪れてきて、お礼をさし出すとか、仕返しにあばれるといったことは、考えられなかった。また、とくに金持ちというわけでもないので、強盗のたぐいが現れる心配もなさそうだった。

いろいろ考えたあげく、やはり単なる気のせいにちがいないと、エス氏は判断した。そこで眠るための努力を試みることにした。

なにかの本で読んだことのある、ありふれたやり方だった。羊の群を想像し、その数をかぞえてみる方法だ。

エス氏はまず、広い牧場と、そこに集っているたくさんの羊とを想像した。ライオンやクマではなぜいけないのだろう。だが、彼はこの疑問を押えつけた。いまは検討する時ではなく、眠りにつくのが先決なのだ。

しかし、集った羊の数は、なかなかかぞえにくい。そこで、彼は柵（さく）を想像し、一匹ずつ飛び越えさせることにした。羊たちは素直にその命令にしたがい、柵を越えはじめ、彼は数をかぞえはじめた。

「一匹、二匹、三匹……」

はじめのうちは、ばかばかしい気もしたが、

「……九十七、九十八……」

となるころには、このことに考えが集中し、ほかの雑念が消えていった。やがて眠気が訪れてきて、柵をつぎつぎと飛び越える羊たちも、その速さがゆっくりになってきた。

その時、妙な羊があらわれた。いままでの羊たちはみな、芸のない平凡な飛び越え方をしていたのだが、その一匹はひらりと飛びあがり、空中でみごとに一回転をやってのけた。そして、器用な身のこなしで、柵の上で逆立ちをした。

「や、変な羊がでてきたぞ。どこから迷いこんできたのだろう。こんな羊があるはずはない」

エス氏は夢心地でつぶやいた。すると、それに答えて、柵に腰をかけた羊が言った。

「ええ、わたしは羊ではありません」

「では、なにものだ」

それに応じて、その羊は耳と口のとがった動物に変った。エス氏はそれを見て言う。

「ははあ、キツネだな」

「その通りです」

「しかし、キツネがなんで、こんな所にやってきた。わけがわからない」

「あなたの夢枕（ゆめまくら）に立とうとして、さっきからそばに来ていたのですよ。しかし、驚きましたね。夢がはじまりかけたと思って入ってみると、羊がうじゃうじゃいる。そこで羊に化け、列にもぐりこみ、やっと番がまわってきたところです。いったい、なんのさわぎなのです。この羊の行列は……」

と、キツネが聞いたが、質問をしたのはエス氏のほうだった。

「いや、ただの遊びさ。待たして悪かったな。で、用事とはなんだ。どこからやってきた。なぜわたしの所にやってきた」

柵のうえに腰をかけたキツネは、足としっぽをゆらゆら振りながら話しはじめた。

「そうなにもかも、いっぺんにお聞きになってはいけません。順序をたててお話ししましょう。この近くに稲荷(いなり)があります」

「ああ、知っている」

「あなたはきょう、そこに参詣(さんけい)をなさいました」

「そうだったかな……」

「よく思い出してごらんなさい。たしかに参詣しています」

「ああ、思い出した。そういえば夕方におまいりに行った」

「わたしはそこのキツネなのです」

「そのキツネが、なんでやってきた。賽銭(さいせん)を盗むようなことはしていないぞ。鳥居に小便をした覚えもない。それとも、賽銭のあげ方が少ないので、文句でも言いに来たのか」

キツネは笑いながら説明をつづけた。

「人間というものは、どうも考え方がしみったれているようですね。そんな用事で来たのではありません。あなたはあの稲荷ができてから、ちょうど六十万人目の参詣者にあたります」

「よくもまあ、たんねんに人数をかぞえているものだな」

エス氏は感嘆とも皮肉ともつかない声をあげた。だが、キツネは落ち着いたものだった。

「あなただって、意味もなく羊の数をかぞえていたではありませんか」

「一本やられたな。で、六十万人目だから、どうだというのだ」

「十万人目ごとに、当稲荷はその人の願いをかなえてあげることにしています。あなたは第六回目の、その幸運にめぐりあえたかたです」

「なるほど。航空会社が旅客へのサービスとして、そんなことをやっている話は聞いたことがある。しかし、そのアイデアのもとが、お稲荷さまとは知らなかった」

エス氏はうなずき、柵のうえのキツネは、もっともらしい顔で身を乗り出した。

「というわけで、なにか一つだけ願いをかなえてさしあげます。どんなことがいいか、望みのことをおっしゃって下さい」

「ちょっと待ってくれ……」

エス氏は考えたが、なんと言ったものか、すぐには思い浮かばなかった。そのうち、キツネが催促してきた。

「なにかおありでしょう。そうでなければ、参詣なさらなかったはずです」

「ああ、願いごとがあったからこそ、参詣したのだ。時間つぶしの散歩に寄ったものでもなければ、写生をしに行ったのでもない」

「では、その時の願いをかなえてあげることにしましょう」

エス氏は情けない声を出した。

「それが、どうも思い出せないのだ。弱ったな。こんなことになるのなら、参詣した時にかなえてくれればいいのに。人の悪いキツネだ」

「いや、たしかに六十万人目かどうかを確認するほうが大切で、願いを聞くほうがお留守になっていました。それに、願いが本当にかなうのなら別なことをすると、訂正したくなる人もあります。そこで、夜になってから、あらためて訪問する方針をとっているわけです」

「それもそうだな。……だが、どうも思い出せない」

「健康がお望みでしょう」

「いや、すでに健康そのものだ」

「では、金とか美人はどうでしょう。いままでの人の多くは、そんなことを望んでいました」

「分不相応な金や美人を持つと、そのために、つまらない苦労をするものだ」

「それはいいお心がけです。では、なんにいたしましょうか。もし、なにもございませんでしたら、権利を放棄なさったものと認めて、わたしは帰ることにいたします」

キツネは柵のうえで、二、三回飛びあがった。

「まあ、待ってくれ。いま思い出すから。心からいつも望んでいることが、たしかにあったはずだ……」

と、エス氏はいささかあわてた。こんな機会をのがすわけにはいかない。彼は口のなかで、ぶつぶつつぶやいた。

「……どうも思い出せないな。自動車でもない、ゴルフの道具が欲しいわけでもない、値上りしてもらいたい株があるわけでもない。なにか、もっと別なことだ……」

キツネはまたも催促した。

「どういたしましょう」

エス氏はさらに、つぶやきつづけた。

「美男子になりたいつもりもないし、腕力を強くしたくもない。もっと、切実な問題だったはずだ……」

キツネは足をばたつかせ、首を振った。

「早くはっきりさせて下さい。わたしはぐずぐずしていたくありません。キツネは気の短い動物なのです」

エス氏もまた、いらいらしてきた。

「たのむ。もう少しだ。困ったな……。なんでもかなえられる、いいチャンスなのに。なんとか思い出さなくては。思い出さしてくれ。ここで思い出せないと、一生後悔することになる……」

つぶやいたエス氏は、やがて、ほっとした声になった。

「やっと思い出したぞ。わたしは忘れっぽい性格で、そのために、じつに不便を感じていた。できるものなら、この性格をなおしたい。どうだろう。できる話だろうか」

キツネはうなずきながら、それに答えた。

「できないことはございません」

「では、それをたのむ」

「だめです」

キツネの意外な答えに、エス氏は意外そうな声を出した。

「おい、おかしいじゃないか。できるけれど、だめだとは」

「お気の毒ですが、あなたの願いは、さっき一つかなえてしまいました」

「すんだって。なにもすんでいないじゃないか」

「さっき、思い出させてくれ、と口になさったでしょう。わたしはその願いをかなえ、あなたは思い出すことができた。というわけで、これで終りです」

「つまらない話だ。そんなの意味がない。なんとかならないのか」

エス氏はたのんでみたが、キツネは首をふった。

「なりませんねえ。望みがないわけではありません。どうしてもとおっしゃるのでしたら、つぎの十万人目の参詣者におなりになって下さい」

キツネは軽く頭を下げ、柵から勢いよく飛びあがり、夢のなかから消えていった。

貴重な研究

　エヌ氏はもう相当な老人だった。そして、財産に応じた生活で余生をすごしていた。そして、その財産は数えきれないほどの金額だった。したがって、生活もまた豪華きわまるものとなっていた。

　広々とした彼の居間の壁は、細かい模様をちりばめた銀の板でできていた。その上には、有名な画家の手による絵が、いくつも飾られてあった。

　また、部屋のところどころには、名作といわれる彫刻の、精巧な模造品が置かれてある。しかし、模造品といっても、むしろ本物より高価だった。なぜなら、すべて純金で作られていたのだから。

　いささか成金趣味の感じではあったが、それは仕方がない。エヌ氏は若いころから努力を重ねて、今日の財産を作りあげた。それに、財産をのこすべき妻子もなかったのだ。「もっと質素な暮しをして、遺産は社会事業に寄付するようにしたらいい」と、かげ口をたたく人もあるが、それはひとごとだから言えるのである。

ミンクの毛皮を張りつめた大きな椅子にかけていたエヌ氏は、そばの机の上に手を伸ばし、宝石のたくさんついた拳銃を握った。引金をひくと、こめられていた空包が、爆発音をあたりに響かせた。

これには実用的な意味も、いくらかあった。彼より年長の、むかしから使ってきた忠実そのものの召使いが、最近めっきり耳が遠くなったためである。

「お呼びでございましょうか」

やがて入ってきた召使いの老人は、エヌ氏にていねいに頭をさげた。

「ああ、杖を持ってきてくれ。わしは研究所まで散歩してくる。そのあいだに、この部屋の掃除をやらせておいてくれ」

「かしこまりました」

エヌ氏は杖をつきながら庭へ出た。庭には一面に草花が植えられ、そのなかにみがかれた大理石で道が作られてあった。道は林のなかにつづき、その奥には彼が私財をつぎ込んで作った、研究所の建物があった。

エヌ氏が杖の先でノックすると、研究所長である中年の学者が、うやうやしく迎えた。

「どうぞ、おはいり下さいませ。しかし、だいぶ散らかっておりますが……」

文献、薬品のびん、各種の実験用器具などで、足のふみ場もない研究所に入りながら、エヌ氏はおうように言った。

「かまわん。すべては研究のためだ。で、仕事は順調かね」

「はい。なんとか」

「うむ。それはうれしい。わしの生きがいはその完成だけだからな」

「さようでございましょう」

「不老不死の薬。わしが心から欲しいのは、それだけだ。秦の始皇帝をはじめ、中国の君主たちみな、それを手に入れようと苦心した。また、古代ヨーロッパの王たちは、錬金術師に命じてそれを作らそうとした。むかしはむだな努力だったかもしれないが、科学の進んだ現代なら、必ずしも不可能ではないはずだ」

「よく存じております。そのためにこそわたしは、高給と充分な研究費をいただき、思うままの研究をさせていただいてきたのでございます」

「どうじゃ。少しは目鼻がついたか。その完成も、わしが死んでからでは、なんの意味もない」

「ごもっともです。わたしもご希望にそうべく、大いに熱を入れました。そしてやっと、試薬分として少量ができました」

所長は誇らしげに報告し、それを聞いたエヌ氏は満足の笑い顔になった。

「なんだと。いよいよ完成か。それはよかった。すぐに、わしに用いてくれ」

「そうはまいりません。まず動物実験を行います。害のないことをみきわめてから、つぎに人体実験に移ります。それで効果がはっきりとすれば、ただちにあなたに処方いたしましょう。それが科学の順序でございます」

しかし、エヌ氏は待ちきれなかった。

「そうかもしれないが、あまり悠長なことは困る。わしもこのごろは、だいぶからだの工合がおかしくなった。どうだ。動物実験をとばして、すぐに人体実験を試みてはくれないか」

「よろしゅうございますが、それを承知して、実験台になってくれる人がおりましょうか」

「うむ。では、あの召使いの老人にたのむとしよう。彼なら忠実な男だし、いやとは言うまい」

そこで、召使いの老人が呼ばれた。

「お呼びでございましたか」

エヌ氏はもっともらしく説明した。

「ああ。じつはこの研究所長が、不老不死の薬をやっと完成してくれた。そこでまず、おまえに使わせてやろうというわけだ。おまえはわしより、二つほど年上だったはずだ。だから、先に使う権利がある。どうだ、やってみるかね」

「ありがとうございます。旦那さまのご命令ですし、それに、そんな貴重なお薬を使わせていただけるとは、夢のようでございます。ぜひ、お願い申します」

所長はさっそく準備にとりかかった。室のすみを片づけ、そこに服をぬがした召使いの老人を横たえた。そして、薬品を注射器に入れ、老人のからだに注入した。

エヌ氏と所長は、どうなることかとみまもっていた。老人はゆっくりとからだを動かしながら、口から白い糸を吐きはじめた。エヌ氏は所長に質問した。

「どういう現象なのかね、これは」

「ただの不老不死ではつまりません。もういっぺん若くするための薬を作ったのです」

「それができるなら、申しぶんない。だが、なぜこうなるのだ」

「人間に変態をおこさせようというわけです。カイコは幼虫時代の終りにマユを作り、つぎに新しい生活をはじめます。わたしはそのホルモンを、人間に合うようにしたわけです。うまくいけば、いままでのいわゆる人間の一生が、幼虫時代と呼べるものになるでしょう。そして、それにつづいて、もう一つの新しい人生を送れることになると思います」

「なるほど。で、どんな生活になるのだろうか」

「その点は、動物実験をとばしているので、なんとも申しあげられません」

二人が見ている前で、老人は相変らず糸を吐きつづけ、やがて、白い大きなマユのなかに入ってしまった。

「ついに、見えなくなってしまったな」

「このまま数日たちますと、生物体はなかで変態をとげ、新しいものに生まれかわる予定でございます」

「待ち遠しいことだな」

それからの数日は、エヌ氏にとって落ち着かない日々だった。彼は毎日のように研究所を訪れ、所長にさいそくした。

「まだか」

「まだでございます」

「その大きなマユのなかで、どんな変化がおこっているのか、気になってならない。エックス線でも当ててみたらどうだ」

「そんなことをしては、障害をおこす恐れがあります。どうぞ、もう少しお待ち下さい。なにかありましたら、すぐにご連絡いたします」

一週間ほどたった夜、エヌ氏は所長におこされた。

「おめざめになって下さい」

「なにか変化があったのか」

「そろそろ時期がきたようでございます」

「よし、すぐ見に行こう」

二人は月あかりの庭を横ぎり、研究所にはいった。そこには、相変らず大きなマユがあった。

「さあ、お聞きになって下さい」

所長は聴診器をマユに当て、一端をエヌ氏にさし出した。

「うむ。音がする。動いているようだな」

「はい。すべては順調に進行しているようです」

「早くなかが見たいものだ」

「それはわたしも同じことです。では、さっそくあけてみることにいたします」

所長は消毒ずみの、大きく鋭いメスを持ってきた。そして、注意ぶかくマユに切れ目をつけ、二つに割った。

「成功だ」

「みごとに若がえった」

二人は同時に叫び声をあげた。なかには裸の、幼い男の子が入っていた。これが数日まえの、あの老人とは、とても思えないほどの変りようだった。

「食事を与えてみましょう」

と、所長は用意しておいた幼児食を、スプーンにのせて出した。だが、その男の子は顔をしかめ、首をふった。そんなものは食えない、といった感じだった。

珍しそうに、まわりをまわっていたエヌ氏は、新発見をして声をあげた。

「おい、背中を見てみろ」

男の子の背に翼があるのをみとめ、所長は説明した。

「考えられることです。幼虫がマユやサナギを出て、ガやチョウになる時には翼をそなえます。仕方のない副作用でしょう」

二人の前で、男の子はあたりを眺め、やがて表情を変えた。ここは私の住む所ではない、といった様子だった。そして、翼を動かし、窓から飛び出していった。

月の光を受け、金色に光る翼を動かしながら、しだいに高くあがり、やがてどこへともなく飛び去っていった。

それを見送りながら、エヌ氏はため息をついた。

「あんなものになるとはな。これでは、いままでと少しも変らない。天使となって天国に行くのなら、薬を使わなくてもできる」

小さくて大きな事故

ここは郊外にある、団地アパートの六階の一室。そとには夕やみがただよいはじめていた。彼女は窓ぎわに立ち、ラジオのニュースを聞きながらつぶやいた。

「あら、また物価の値上げ。いやだわ。政府もなんとかすればいいのに……」

ラジオは音楽に変り、彼女はそれに合わせて軽い体操をした。小柄でおとなしそうな容貌（ようぼう）の、三十歳ぐらいの女性。

見たところはごくありふれた、おだやかさにみちあふれた光景だった。

しかし、そのおだやかな光景は、あくまで、見たところだけのものだった。数時間がたち、窓のそとが夜のやみとなった時、いままでの平和と静かさが、一瞬のうちに破れた。

ドアを靴で勢いよくける音。また、酔っぱらい特有の大きな叫び。

「おい。あけろ。お帰りだぞ」

それを耳にして、彼女は身をすくめた。何年となく続いてきたことだが、いまだに少しも慣れることができなかった。彼女は悲しげな、また、いやでたまらないといったため息をついて立ちあがり、ドアの鍵を外した。

そとには、足もとをふらつかせた一人の男が立っている。いうまでもなく、彼女の夫。ずるさと、ふてぶてしさだけで合成されたような人物だった。彼女は声をひそめて、

「あなた、お願いですから静かにして下さい。となりの部屋のかたに、ご迷惑ですわ」

「かまうものか。酔ってなにが悪い。酔っぱらって大声をあげて、なにが悪い」

彼は意地になったように、下品な声をさらにはりあげ、靴をぬぎとばしながら、部屋のなかに入ってきた。

そして窓ぎわの椅子にだらしなく腰を下し、またもどなった。

「おい。酒を持ってこい」

「もう、ずいぶんお飲みになったのでしょう」

「よけいなおせわだ。さあ、出せ」

彼女は仕方がないといった表情で、ウイスキーのびんとグラスとを持ってきて、そ

ばの小さな机においた。彼は自分でついで何杯か飲み、少しおとなしくなった。

それをみはからって、彼女はおどおどした口調で、きり出してみた。

「ねえ。お話があるの……」

「なんだ。言ってみろ」

「いいかげんで、あたしと別れてくださらない……」

夫は目を見開き、笑いとばした。

「なんの話かと思ったら、そんなことか。ばかばかしい。おまえはおれにとって、遊んで暮すための大事な金づるだ。別れてやるわけにはいかないぜ」

「でも、いままでの五年間、あなたはあたしをどれいとして、思いのままにしぼりとったでしょう。もう充分じゃないの」

「とんでもない。せっかく手に入れた金鉱だ。まだまだ掘れるのに、この程度で中止を承知するほど、おれはばかではない」

「だけど、あたしのデザイナーとしての仕事だけでは、あなたを遊ばせ、好きなだけ酒を飲ませるなんて、もうこれ以上は無理なのよ。物価だって、値上りする一方だし」

「そんなことは、おれの知ったことか。文句があるなら、政府に言え」

「あなたはダニよ」

「ああ、おれはダニだ。だが、頭のいいダニだ。金が足りないのなら、実家に行ってせびってこい」

「もう、あらゆる口実を使いはたしてしまったわ」

彼女は、またため息をついた。いっぽう、夫はグラスをあけ、酒くさい息を吐いた。

「いいか。よく考えてみろ。すべてが無事におさまっているのは、だれのおかげだと思う。おまえのやった人殺しを、おれが黙ってやっているからだぞ」

「だって、あれは仕方がなかったことよ。夜おそく家へ帰る途中の橋の上で、ふいに暴漢におそわれたのですもの。思わず突きとばしたら、相手は川に落ち、あたしは逃げ帰ってしまった。女だったら、だれでもそうするわ」

「しかし、そいつはおぼれ死んだ」

「まさか、死ぬとは思わなかったもの」

「まさか、死ぬとは思わなかった。悪質なひき逃げ運転手の、いつも使うのと同じ口実だ。立派な殺人だ。立派すぎるぐらいの殺人だ。おれは偶然、それを見ていた。いや、偶然というより、幸運だな。おまえにとっては不運だったかもしれないが」

「ああ。あの時、すぐに自首すればよかったんだわ。こんなぐあいに、一生あなたに苦しめられるくらいなら、自首していたほうがよかったと、つくづく思うわ」

「いまさら言ってもはじまるまい。その点はよく考えたうえで、きめたはずだ。自首するか、おれと結婚するかを。そして、おれとの結婚を選んだのではないか……」

それを言われ、彼女は目を伏せた。この男に脅迫を受けてから、彼女はたとえようもないほどの悩みを味わった。しかし、社会的な地位のある父親、また将来のある兄弟たち。それを思うとたとえ過失とはいえ、家族から殺人者を出すわけにはいかないと判断した。あげくのはて、彼女は自身を犠牲にして、この男との結婚のほうを選んでしまったのだった。

だが、それは問題の解決ではなく、開始だった。あれから五年間、生きていた意味がまったくなかった。汗にまみれて仕事に精を出し、また冷汗を流しながら、架空の理由を作りあげて実家に金を借りに行った。そして、その金の大部分は、この男の遊びと酒のためだけに消えていった……。

彼女は目をあげて相手を見つめ、はっきりと言った。

「あたしはもう、これ以上がまんができなくなったのよ」

しかし彼は、ろれつの回らなくなった口調で応じた。

「だからといって、どうしようもないだろう。それとも、自首するつもりにでもなったのかね。その決心がついて、自首をしたのなら別れてやるよ。廃坑となった鉱山のまわりを、うろついていても仕方がないからな」

「自首するつもりはないわ。でも、あたしはあなたと、別れてみせるつもりよ」

「そんな方法があるものか」

「ないこともないわ。ただ一つあるのよ。あなたを殺してしまうこと」

彼女の目はきらりと光った。だが、男の目はどろんとしたままで、笑うような声でつぶやいた。

「くだらない思いつきだ。いいかげんにしないと、ただではすまないぞ」

「もう、おどかしはきかないわ」

「なんだと。酔っていたって、おまえをなぐりつけるぐらいはできる」

彼は椅子から立ちあがろうとしたが、だめだった。彼女はそれを眺め、落ち着いた声で説明した。

「動けないでしょう。いま飲んだお酒に、麻酔薬をまぜておいたのよ。一時的な麻酔薬を。しばらくは、あたしの自由よ。こうしておけば、あたしにも殺せるわ」

彼は麻酔薬の作用により、さらに回らなくなった舌でしゃべった。

「しかし、どうやっておれを殺すんだ。首をしめるのか。刃物を使うのか。どっちにしろ、死体を始末しなければなるまい。運んでどこかに捨てようとしたって、女ひとりの力では、できっこない話だ」

「それぐらいは、考えてあるわよ」

「だれかに手伝いを頼むつもりか。そんなことをしたら、そいつにつきまとわれるぞ。おれよりもひどくな。おれみたいな、善良なたかり方をする男など、そうはいない。生かさず殺さずといった、たかり方の経営学を心得ている」

「もうすぐ死ぬんだから、好きなようにしゃべるがいいわ。あたしのほうも、計画はちゃんと立っているんだから。麻酔のきいているうちに、窓から外へほうり出すのよ。あなたの酔っていたことは、さっき、となりの部屋にも聞こえていたはずだし、酒ぐせの悪い人なら、暴れて窓から飛び出すぐらいのことは、ありうる話ですものね」

彼女はゆっくりと近より、男のからだに手をかけた。

「おい、本気か……」

「そうよ。このあいだから体操をして、筋肉をきたえておいたから、それぐらいはできるわ。それに運命のわかれ目の場合なんですもの」

彼女は男のからだを持ちあげ、窓の手すりの上に運んだ。楽なことではなかったが、彼女は力をふりしぼり、そこで一息ついた。

「おい。また殺人を重ねることになるぞ」

「殺人じゃないわ、正当防衛よ。いまのままでは、あたしのほうが死んでしまうもの。正当防衛にもならないわ。酔っぱらって落ちた、小さな事故ですものね」

「たのむ。助けてくれ。これからは、心を入れかえる」

「いまさら、なにを言うの。そんなこと、信用できるわけがないじゃないの」

彼女は手すりの上の男を、少し押した。

「おい、やめろ。やめたほうがいいぞ。おれだって、それほどばかではない。五年前に結婚した時、こんなこともあろうかと、手紙に書いておいた。おまえの犯行と、おれが変な死に方をしたら、まず、おまえを疑えという内容のものを」

「そんな、小説じみたおどかしを、あたしが信用すると思っているの」

彼女はぐったりした男を、さらに押した。もう一息だ。

「本当だぞ。警察にあて、封筒に入れ、ちゃんと切手をはった手紙だ。それを、頭は少し弱いが正直な男に預けてある。好奇心を持ってあけてみたり、面倒がって早くポストに入れすぎたりしないような男にな。おれが死んだら、すぐにポストに入れるよう頼んであるんだぞ……」

相手がどんなおどかしを言おうと、ここまで来て中止する気は、彼女におこらなかった。最後の一押し。男は手すりを越えて落ちていった。

下のコンクリートにぶつかるのを見きわめ、彼女は思いきり悲鳴をあげた。彼女はかねてからの予定どおりの演技に移り、そして、なにもかも予定どおり終了した。

となりの部屋の人は、男が酔っていたことを証言し、アパートの人の多くが、酒ぐせの悪かったことを証言した。救急車も、パトロールカーも、ほぼそれを認めて死体を運び去った。

それから三日ばかり、彼女は部屋にとじこもっていた。

夫の死を悲しんでいるふりを、しばらくは続けなければならない。また、五年ぶりに得た解放感を、心ゆくまで味わいたかった。もっとも、心のすみでは、彼の最後の言葉がいくらか気にはなっていたが。

その時。郵便受けに軽い音がした。彼女は立ちあがり、その手紙をなにげなく手にして、軽い叫び声をあげた。

死んだ夫の筆跡にまちがいなかった。しかも、そのあて名は警察署となっている。

「やっぱり、あのおどかしは本当だったのね。……だけど、なんでうちへ配達されたのかしら」

彼女はすぐにその理由を知った。封筒に貼(は)ってある付箋(ふせん)の文句。料金不足のため、配達できません。いちおう差出人に戻します。

「あら、物価の値上げのおかげね。うれしいわ。政府が率先して値上げしてくれなかったら、いまごろは……」

彼女はほっとし、明るい笑い声をあげながら、手紙にマッチの炎を近づけた。

危機

　強力な武器をつんで、宇宙のかなたからやってきた大きなロケットは、地球のそばでいったん停止した。窓から眺めながら、隊長の宇宙人は部下に言った。

「あの星だな、われわれがこれから占領しようというのは」

「そうです。偵察隊の報告では適当な星のようです。住民たちの大部分は、おたがいにいがみあい、たえずなにか、ごたごたを起しているそうです。そんな連中なら、全滅させてもいっこうに気の毒ではありません。さあ、とりかかりましょう」

「まて。念のためだ。その前にもう一度、確認してからにしよう」

　倍率の高い望遠鏡が地上にむけられ、その光景が壁のスクリーンにうつし出された。隊長はしばらく見つめていたが、やがて、ふしぎそうに聞いた。

「これはどういうわけだ。報告とは、まったくようすがちがうぞ」

「そんなはずはありませんが」

　しかし、拡大された地上の光景は、報告とは逆だった。どの町もなごやかな雰囲気

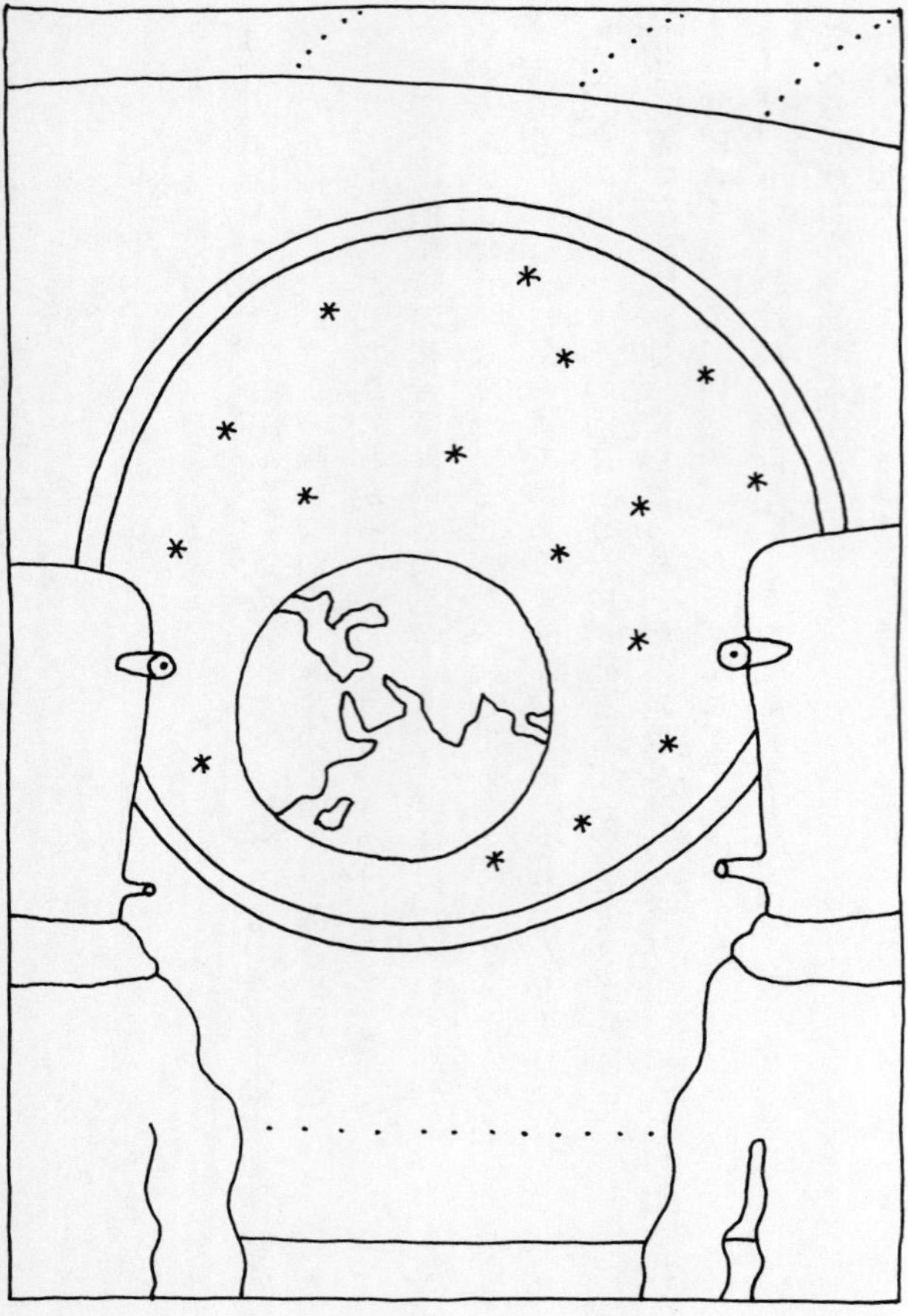

にみち、人びとは微笑をかわしあっている。

「報告がまちがっていたのだろう。このように平和的で、おとなしい住民たちの星を占領するわけにはいかない。攻撃は中止だ。べつな星をさがそう」

ロケットはふたたび遠ざかっていった。

こんなことには少しも関係なく、その日の地球上では静かな音楽が流れ、だれもが楽しそうだった。どんな気むずかしい人も、一年に一度はなんとなく楽しくなる日。クリスマス・イブ。

もっとも、なかには酔ったあげく、

「なんでキリストが救世主なんだ。キリストが誕生しなかったとしても、べつにどうということもないだろう」

などという者もあるが、すぐにほかの者にたしなめられる。

「まあ、そんなことは言うなよ。きっと、われわれの気づかないようなことで、世界を救ってくださっているのだろう……」

ジャックと豆の木

青年ジャックというと、だれしも、強くてスマートな二枚目を連想するかもしれない。しかし、このジャックは、ぐうたらきわまる息子だった。

ぐうたら息子といっても、おやじが悪辣（あくらつ）にかせぐ金を、一方で湯水のごとくむだづかいするのならば、一種の義賊として意義がないわけでもないが、このジャックは貧しかったから、まことに収拾つかない存在だった。

もっとも、はじめから貧乏だったのではなかった。母ひとり、子ひとり。虚栄心強く、世間しらずの母親は、息子の才能を過信して甘やかし、息子のほうは、甘えることによって才能のないことをごまかし、怠惰をむさぼり酒を飲む。

よくある例で、行きつく所はきまっている。人のよかった亡父の残した財産は、いつのまにか消え、まったく金がなくなり、ついに最後の一頭の牛を売ることになった。

その交渉を息子にまかせたのが、まちがいのもととなった。ああ、なんたることか。ジャックは街への道の途中であった、たちの悪い商人にだまされ、魔法の豆と称する金色の豆、プラスひとびんの酒とひきかえに、その牛を渡してしまったのだ。

母親ははじめて息子をしかった。

「とんでもないやつだね、おまえは。そんなに愚かとは知らなかった」

いまごろ気がついた母親だって、愚かである。せめて、ジャックが五歳ぐらいの時に気がついていれば、こんなはめにはならなかったものを。

母親はその豆を庭に投げ、やけ酒として半分ほどびんをあけ、眠ってしまった。ジャックが残りの半分を飲み、ふてくされて眠ったことは言うまでもない。


「おい。投下した小型受電装置はどうなった」

蒸気を噴射して雲をつくり、その上に静止した巨大な宇宙船。すなわち、パーラ星からやってきた空飛ぶ円盤のなかで、やはり巨大な、一行の隊長が言った。

「いま、やっと地面にとどいたようです。いやに時間がかかりました。さっそく、とりかかります」

金色の豆の形をした受電装置は、地面と接触するとアースした状態になり、宇宙船とのあいだに電波の道をつける。宇宙船の下部のドアが開き、プラスチック製の柔かく丈夫な縄ばしごが、電波の道にそって、ゆっくりと垂れ下っていった。金色の豆は、電気銛の先端ともいえる。

縄ばしごが豆にとどくと、そこで大地に固定されるのである。この作業は朝までかかった。

「よし、はしごは地上に達した。注意しながら、それを伝っておりるのだ」

隊長が命令したが、一人が叫んだ。

「はい。……あ、隊長。ごらんなさい。あれを使って、下からのぼってくる者があります」

一同はそれをみとめた。雲の上にあらわれてきたのは、ジャックである。

ジャックは、朝、目がさめて悲しくなった。安酒による、二日酔いの目ざめ。頭痛とともに、激しい自己嫌悪。もっとも、自己嫌悪は酒のせいではなかった。豆と酒とでは、牛の代金としてあまりに安すぎた。それに、豆も酒もすでにない。自分の頭の悪さに、つくづくいや気がさしてきた。

ああ、おれは死んだほうがいい人間だ。彼は首でもくくるべく、ひもをさがしてみたが、なにもかも売りつくし、ひもすらなかった。

だが、ふと庭を見ると、ひもがはえている。地面から雲のなかまで。

「ふしぎなこともある。幻覚だろうか。それとも、おれに神通力がそなわったのだろうか。いやいや、神さまがあわれんで、首をくるひもをお与え下さったにちがいない。そうすると、ひとこと、お礼を言わなければならない」

ジャックは水で頭を冷やし、恐る恐るさわってみた。幻覚でないことをたしかめ、やがてのぼりはじめた。途中でとつぜん幻覚に変じ、落ちたところで、いまさらどういうこともない。どうせおれは、人類の文化に関係のない人間だ。

かくして、ジャックは雲の上にあらわれ、さらに宇宙船のなかに到達した。そして、見まわす。

「これは驚いた。でかいやつらばかりいるぞ。神さまではなさそうだ」

つぶやきと動作とを見て、まわりのパーラ星人たちは、こう話しあった。

「少しは思考をする動物らしい。この星の最高の生物かもしれない」

「だが、おれのテレパシーでは通じない。だれか代ってくれ」

「よし。やってみよう」

最強力のテレパシー部員が交代し、二日酔いで散漫なジャックの頭に、やっと少しだけ通じた。

「あなたは、この星の最も進化した生物ですか」

ジャックはそれに答えて、

「星だかなんだか知らないが、おれたち人間さまに、まさる者はない」

「どうして、ここまでのぼっていらっしゃる気になったのです」

「おれはきのう、牛と豆とを取りかえた。その豆を庭へ投げ捨て、朝になると死にたくなったので、のぼってきた」

「ははあ。妙な文明をお持ちのようですな」

「それより、ここはどこだ。おまえたちはなんだ」

「わたしどもはパーラ星から参りました。もしご希望ならば、科学、哲学、芸術の交流をいたしたいと存じます」

「科学とか、哲学とはなんのことだ。めんどうくさい話はおことわりだ。頭の痛みがひどくなってきたぞ。天国がこんなところなら、肌にあわない。家に帰って、裏の井戸に飛びこみ、地獄のほうをのぞいてみよう」

パーラ星人たちは、顔をみあわせて相談した。

「いけません。まったく異質の文明のようです。交際してみても、得る所はなにもないでしょう。といって、またいまのうちに攻撃、全滅させておかなければならないほど、恐るべき住民でもないようです」

「そうか。では、無益無害、永久にほっぽっておく星、と分類しておこう」

と隊長は決定を下した。

「さて、こいつはどうしましょう。ほうり出してしまいましょうか」

「まあ、待て。それもかわいそうだ。しかし、われわれに都合の悪いことは忘れてもらうよう、暗示をかけてからだ」

一種の催眠術がかけられた。パーラ星だの、科学、交流といった言葉は、彼の頭のなかから消えた。もっとも、そんなことをしなくても、頭にはほとんど入っていなかった。

そのあとで、隊長が言った。

「こんなことになったのも、なにかの縁だ。パーラ星の鳥を一羽やろう。催眠術にかかりやすかった。商人にだまされたくらいだから、ジャックは暗示にかけてあるから、そう問題ものこるまい」

ジャックはそれを受取り、地上に帰りついた。

宇宙船のほうは、はしごと電気鋸を引きあげ、去っていった。残った雲は、やがて散ってしまった。

「……というわけで、おれは巨人の目をかすめ、鳥を一羽盗んできた」

ジャックは村人たちを集め、自己の体験談を発表した。暗示によって、パーラ星につごうの悪いことは頭から消え、彼につごうのいいことだけが残っていた。

だが、毎度のことなので、村の人たちは首をかしげるばかりだった。

「しかし、ジャック。おまえはいつも、雲をつかむような話をする。でたらめか、夢か、酒のせいだろう。そんなことは、あるはずがない」

「いや、事実だ。自分でも夢のようだが、鳥を盗んできたことだけは、少なくともたしかだ」

「どうして、そう断言できる」

「きのうの晩、さっそく、その鳥を料理して食べた。卵を一つうんでいたが、それはオムレツになった。上品な、いい味だったぞ。そうでなかったら、いまごろは腹がへっていて、こうまでしゃべれない」

「証拠もなしか。まあいい、卵の殻でいいから見せてみろ」

「よし、家へ来い」

ジャックは村人たちを連れ帰り、殻をさがした。きのうの夜は気がつかなかったが、いま明るい所で調べると、純金製だった。

「驚いたな、これは。ジャックの話も本当のことがあるらしい」

「ほらみろ。しかも、純金とは知らなかった。もうかったぞ。牛なら何頭も買える」

しかし、ジャックは少しだけ、利口になっていた。いままでなら、それを売り払って飲むところだが、こんどはそうはしなかった。

その卵の殻を持ち、雲の上の体験談を話してまわり、謝礼をもらうことをはじめたのだ。そして、そのあがりの金で飲むことにした。

村から遠くに出かけた時ほど、話は大がかりになり、手に汗を握る活劇調となった。子供たちは喜び、大人さえも身を乗り出した。だが、批難すべきことではない。当時はテレビがなかったのだ。

いまとちがって、そのころはいい時代だった。ジャックと母親は、それ以上に貧乏にならなくてすみ、なんとか生活をつづけることができた。一瞬にマスコミの人気者になって、たちまちあきられて没落したり、いい気になり自動車を飛ばして死んでしまうような現代にくらべたら、はるかに、めでたしめでたしと言うべきではなかろうか。

気まぐれな星

「さあ、だいぶ近づいてきた。しばらくしたら着陸の態勢にうつることにする」

艇長はロケットの窓のそとを指さし、こう言った。そこには色とりどりの星々を含んで、凍ってしまったかのように思える暗黒の空間がひろがっていた。この眺めだけなら今までと同じことだったが、艇長の指さすあたりに徐々に大きさを増しつつあるものがあった。それは一つの惑星。これから訪れようとする星であった。

「やれやれ、やっと近づきましたか。考えれば考えるほど、まったくばかばかしい仕事だ。いまいましいあの星め。くそでもくらえだ」

こう吐き出すように言ったのは、いっしょに乗ってきた言語学者だった。言語学者だからといって、格調の高い言葉ばかりを使うとは限らない。それに彼は、まだ青年と呼べるほど若かったので、心に思っていることを押えられず、感情をそのまま口にしてしまったまでなのだ。

「そんなことを言ってはいかん。われわれは地球から崇高な任務を負って、ここにむかってきたのではないか」

と、年配の艇長はたしなめた。このロケットは大型ではあったが、乗りこんでいるのはこの二人だけだった。

「そうですかね。その崇高というやつが、わけのわからないしろものですよ。あの星の住民がたまたま地球人に似ているから崇高なので、これがもし、ほかのいくつかの星のように、黄色いハチュウ類的な生物だったり、紫色の触手のあるやつだったら、だれもそうは思わんでしょうよ。すべて外形が標準となる。ほかの、われわれから見れば怪物的住民のなかにだって、きっと困っている哀れなのがいるはずです。助けるのだったら、その連中も同じように助けなければならない」

言語学者はこうぶつぶつ言い、艇長はこれに反対し、またいつもの議論がむしかえされた。

「それなら、住民たちを見すてておけというわけかね。ほっとけというわけかね」

「そうですとも。われわれ地球人にだって、過去には飢えだの、治療法のわからない病気だので、苦しみぬいた時代があった。その時に、だれが助けてくれました。一人の宇宙人だって、援助してくれなかったではありませんか」

「それはむちゃな議論だよ。その時期に通りがかった者がなかったのかもしれない。通りがかったが、あまりに異質な生物で、困っていると判断できなかったのかもしれない。あるいは、判断をしたがどうにもできないで去っていったのかもしれない。そのどれにあたるか、決められないではないか。しかし、こんどの星の場合はちがう。われわれは通りがかった、困っていると判断した、そしてなんとかしてやることができる。こうなると、もはや目をつぶっていることはできない」

「なんだか、甘い考え方としか思えませんね。地球人はひとがいいんだからなあ」

二人のこの議論は、地球からここまでの宇宙の旅のあいだ、何回となくくりかえされてきた。

問題はあの惑星が探検隊によって発見された時にはじまったのである。しばらく前に地球の探検隊のロケットが、まだ調査してなかったあの惑星におりた。いままでにも多くの探検隊はほうぼうの星を訪れ、生物の存在を報告していた。なかには、文明と呼べるものを持っているのもあった。だが、それらはいずれも、人類とは似ても似つかない種族だったのである。

それがこの星ではじめて、地球人に似た生物を発見した。もちろん言葉は通じなかったが、多くの点で共通点を見いだすことができた。しかし、似ているといっても、その形についてだけであって、生活状態はくらべものにならないほどの違いがあった。探検隊が撮影し地球に持ち帰った記録映画を見れば、だれにもわかる通り、地球の過去の時代における未開人そっくりだった。

なにを食べているのかわからないが、荒涼たる土地に形ばかりの家をたて、やせおとろえたからだで力なく歩いていた。その顔には哀れさと、物さびしさがあふれていた。

そして、探検隊員たちの与えた余剰食料を、押しいただきながら、食べるのだった。いままでに紹介された宇宙の記録映画で、これほど人びとの心を打ったものはなかった。

「なんというかわいそうな姿でしょう。ほっておくわけにはいきませんわ」

「ええ、涙があふれて、見ていられなくなるくらいでしたわ。あたしたちは便利な装置にかこまれ、充分に食べ、どうしたら太りすぎないですむかと考えているというのに」

「ぜひ助けてあげましょう」

婦人たちをはじめとして、だれもが内心、多くの満足感を味わった。現在のありがたさを再認識できたのだし、みちたりた生活では、このような壮大な悲惨を見物することは強烈な娯楽でもあったのである。そして、味わった満足感があまりにも大きかったので、その代償を支払おうとする気持ちにさえなった。

「品物を贈りましょう」

「そうだ。われわれには彼らを助ける義務がある。これを見すごしたりしては、良心の痛みがいつまでも残り、精神衛生上からもよくない」

かくして、救援物資をつんだロケットが出発することになった。貨物ロケットを何台もひきつれた大型ロケットには艇長が乗り、操縦をした。

また、映画によって研究された住民たちの言葉を身につけた、この若い言語学者がいっしょにのせられたのだ。同行を命ぜられたものの、彼はつねにぶつぶつ言っていた。

「自分の属している地球人を悪く言いたくはないが、この甘っちょろい慈善心というものだけは困ったものだ。ばかばかしい」

これに対して、艇長は着陸にうつりはじめる前に、議論の打ち切りを試みた。

「まあ、きみの気持ちもわかるが、もうここまで来てしまったのだ。いまさら帰るわけにもいくまい。なにごとも命令による任務と思ってやってくれ。すませたらすぐに帰るのだ。がまんしてくれ」

「ええ、仕方ありません。ここまで来て、いやだと言ってもはじまらない。わたしだって運んできた荷物を、宇宙に捨てて帰ろうと主張するほど、ひどい人間ではありません。やることだけはやりますよ。どうせ、これ一回きりだ。地球人はそういうものです。一回目は熱をあげるが、つぎからは惜しくなる。麻痺(まひ)してしまうのでしょうな。すると、それに迎合して、助けるのもほどほどにしたほうがいい、いつまでも助けると一人立ちできなくなる、と言う者がでてくる。みなは賛成し、それで終りです。こんなことなら、はじめからなにもしなければいいんだ……」

言語学者は承知したものの、まだ文句を言いつづけた。艇長はそれに答えず、着陸装置を操作していた。

ロケットはその惑星の大地にむかって降下をつづけた。あとにつづいていた何台もの貨物ロケットは、遠隔操縦により、それにならった。

やがて、どのロケットも草原に着陸し終えた。草原といっても、乾いた土の上にひょろひょろした草が点在しているだけで、さびしく、荒れた土地であった。

少しはなれた所に村落があり、土を固めて作った何軒かの家が集っていた。もし、それが家と呼べるものならば。

「艇長。あれは家でしょうか」

「おそらく、そうだろう」

「ひどいものだ。すべてがプラスチックと合金ででき、さまざまないろどりを持った、われわれ地球の家とくらべたら」

と言語学者はしばらくそれを見つめていた。想像していた以上のひどさだった。地球で見たものは映画であり、はるかな距離をへだてたものだったが、いまはこの目で直接に見ている。彼の声からは不満な響きが消えかけていた。

だが、艇長はあい変らず事務的な調子で言った。

「さっそく、住民たちと接触することにしよう。いっしょにあの村落まで行こう。武器の用意は必要あるまいが、いちおう持ってゆくとしよう」

二人がロケットから出て歩きはじめると、村落のほうからも、何人かがこちらにむかって来るところだった。見なれない物体の出現に、好奇心を抱いたからだろうか。おたがいの距離はせばまり、姿を見わけることができるほどに近づいた。

「やはり映画で見た通りだ。いや、それよりもっとひどい」

住民たちは足をとめ、二人を待った。住民たちは青白く、やせおとろえ、からだには汚れた布をまとっていた。なかには、すでに疲れたのか、地面にうずくまる者もあった。

「こんにちは、みなさん……」

と、言語学者は映画で調べたこの住民たちの言葉で話しかけた。住民たちはびくりとし、学者は言葉の通じることを知った。また、おどおどした住民たちの目は、同情心をかきたてた。

「どなたですか。見たこともないお方ですが。わたしたちは決して手むかいいたしません。どうぞお見のがし下さい」

と住民の一人は言い、言語学者は説明をはじめた。

「いや、そう驚かなくてもいい。われわれは決してこの星をどうこうしようとして来たのではない。われわれは地球という星のものだ」

「地球と申しますと……。わたしどもの星ぐらい不幸な星はございません。むかし、空から舞いおりてきた人たちに荒らされ、すべてを持ち去られてしまいました。ここを占領なさっても、ごらんのようになにもありません。どうぞお帰り下さい」

住民たちは地面にすわりこみ、頭をさげた。

「いや、かんちがいをされては困る。地球はそんな星ではない。しばらく前に探検隊がここに来て、食物などをくばったことがあるはずだが」

「あ、あのかたたちの星ですか。それでしたら忘れるはずがありません。いろいろな物をおめぐみ下さいました。その事件のうわさは星じゅうにひろまっております。わたしたちはお会いしませんでしたが、それを伝え聞き、神さまではないかと話しあっております。空にむかっての祈りを忘れたこともありません」

住民たちは口々にこう語り、交代で頭をさげた。言語学者は内容を艇長に訳して聞かせた。

「……というわけです」

「よかった。この調子だと用件はうまく片づくだろう。早く進めてくれ。だが、あまり卑屈にならぬように言ってやれ」

しかし、打ちひしがれたような住民たちは、疑い深いのか、態度をあらためようとしなかった。

「われわれはきみたちを助けに来たのだ。もちろん、そうたいしたことはできないが、食料、薬、それと日用品などを持ってきた」

こう言いながら、ポケットにあった携帯食料を出し、食べるようにすすめた。住民たちは押しいただき、それを口に入れた。

「なんという味でございましょう。わたしどもがこんなものを口に入れたのは、うまれて初めてでございます」

またも住民たちは頭をさげた。目には涙があふれていて、二人の胸を打った。艇長はそのありさまを撮影していた。

「それはよかった。ほかにもいろいろと運んできた。それをこの星の住民たちに配りたいのだが、どうしたものだろう。いい方法はないか」

と、言語学者はロケットを指さして言った。

「なんというありがたいことでございましょう。では、ほかの村落に一刻も早く知らせてやり、集ってもらいましょう」

「知らせると言うが、どうやって知らせるのだ」

「歩いてでございます。そして、主だった者に集ってもらいます。寒さと暑さが五回ほどくりかえされるあいだお待ち下されば、集めることができましょう」

「なに、五年だと。こいつにはとてもそんな時間はない。一週間で片づけて帰途につけという命令なのだ。しかし、われわれには幸い、あのロケットという乗り物がある。それを使えば、二日もあれば集めることができる。案内してくれ」

「なんとすばらしい乗り物なのでしょう。しかし、心配です」

しりごみする住民たちをなだめ、一人を案内に乗せて、ロケットは飛び立った。そして、さししめす部落をいくつか訪れ、主だった者を乗せて戻った。だれもかれも話を聞くと、同じようにありがたがるのだった。

「夢のようなお話で、まだ信じられません。しかし、夢ではありません。あの品物の山。さっそく、土を固めてここに倉を作り、そこにしまい、少しずつ使わせていただくことにいたしましょう」

住民たちはおぼつかない手つきで、土をこねはじめた。それは見ていられないほどだった。だが、ロケットに積んできた小型建設機械は、それにかわって、すばやく仕上げてやった。

「神の機械の力強いことには驚きました」

感嘆の声があがるなかで、運んできた品物のすべては倉に移された。

「ありがたいことです。しかし、このお礼をどうしたらいいのか、それを思うと悲しくなってまいります」

「いや、気にすることはない。代償を求めるくらいなら、こんな所までわざわざやってはこないさ」

こうして滞在の日は過ぎ、出発の日となった。艇長は記録を整理し、撮影したフィルムをまとめていた。それが一段落し、言語学者に呼びかけた。

「さあ、まもなく出発だ。きみも気のすすまぬ仕事をよくやってくれた。ごくろうだった」

言語学者はしばらく思いつめたように黙っていたが、やがて決意の表情を示しながら答えた。

「わたしはこの星に残ります」

「どうしたんだ。あんなに来るのをいやがっていた星だ。それに、残ったところで、いいことは一つもあるまい」

「彼らはあまりにもかわいそうです。やがて、あの品物を使いきったら、そのあとはどうなるのでしょう。それを考えると、立ち去れません。わたしはここに残り、向上への道を指導してやりたいのです」

「その気持ちはわかるが、容易なことではない。そして、きみが前に主張したように、地球の慈善という道楽も、これで終りになるだろう。道楽にあきると、近よるのもいやになるものだ。そうなったら、一生ここから帰れなくなるぞ。一時の興奮で人生を棒にふる気か。思いなおしたらどうだ。なにごとも事務的に考えたほうがいい」

「わかっています。わたしはここで死ぬつもりです」

「それではわしの責任上困る。きみを置きざりにしたとなると。なんとか思いなおしてくれ。ここで神さま気分を味わうのもいいだろうが」

艇長は皮肉を言ってみたが、そのきき目はなかった。

「ひどいことをおっしゃる。わたしは地球人の気まぐれのつぐないとして、ここに残るのです。積んできた技術書の読み方からはじめ、いろいろと教えてやるのです。地球上では味わえない生き方です」

「しかし、わしの立場を考えてくれ」

「いや、あなたに迷惑をかけません。わたしの意志で残ることを手紙に書きましょう」

「もう一度だけ聞くが、二度と地球へもどれないのだぞ」

「よくわかっています」

言語学者の心のなかにめばえた決意を、つみとることはできなかった。彼は手紙を書き、艇長に渡し、別れをつげた。

「さよなら」

彼はロケットを出て、見送った。艇長の操縦するロケットは貨物ロケットを引き連れて飛びたち、空のなかに消えていった。

「おい、ぼくは残ったんだ。さあ、いっしょにいい世界を築こう」

言語学者は、いままでの交際で上達したここの星の言葉を叫び、住民たちの肩をたたいてまわった。

「いっしょにお帰りになればよかったのに。こんなところに残っても、いいことはありません」

「いや、この星をいいことのある星にするために残ったのだ。さあ、なにから手をつけようかな」

「そうですね。では、まず倉庫の品物を村落に移すことからはじめましょう」

「なんだと。それはなんのことだ」

「すぐにわかります。村落の家においで下さい」

首をかしげながら、彼はうながされるままに薄ぎたない一軒の家に入った。そして、そこに驚くべきものを見いだした。

「あ、これは。信じられない……」

一見しただけでも高度な装置とわかるものがそこにあった。金色の金属でできた、流れる曲線を持つボートのようなものだった。

「お乗り下さい」

おそるおそる乗ってみると、床が二つに割れ、なかに沈みはじめた。だが、地中にではなく、そこは空中だった。下には美しい都会が限りなく広がっていた。明るい人工の照明がみち、しっとりとした春の季節だった。

「すごいしかけではないか。ちっとも哀れな生活じゃない。わけがわからない話だ」

「哀れな生活では、こんなことはできませんよ。まわり全部に人工の空をつくり、その上にみすぼらしい地表を作るなど、容易なことではありませんからね。しかも、それを簡単に見やぶられないように作らなくてはなりませんでした」

「なんでこんなことを……」

「これだけの工事をしたかいはありました。第一、どこからも侵略に来ない。これぐらい平和の保たれている星はないでしょう。第二に、時どきあなたがたのように間抜けなやつがやってきて、なにかしら置いて行く」

「なんで黙っていた。だましやがったな。乞食め」

「正直に話したらどうなります。地球とかいう星の、おせっかい連中がぞくぞく押しかけてくるにきまっています。そして、ああだこうだと、意見をのべ、うるさくてたまりません。この星のためにならないにきまっています」

「しかし、わざわざ品物を運んできたのだ」

「品物だなんて威張ってはいけません。なんです、はじめにくれた食べ物は。まずくて涙が出ましたよ。あんな物を口に入れたのははじめてだ。われわれ演技省の役人のつらい所です。吐くわけにもいきやしない」

「ひどい住民どもめ」

「ひどいひどくないは考え方の相違でしょう。地球という星では外をかざることに熱心だが、ここでは内部を充実させることに熱心なだけです。そして、それを保ってゆくのが念願です。どっちが悪いなどとは、言いきれないでしょう」

「おれをこれから、どうするつもりだ。殺すのか……」

彼はそれを考えて青くなった。

「殺しはしません。しかし、われわれの仲間に入れて、その軽薄な思想をばらまかれても困ります。飼い殺しというわけですね」

彼の長い余生のただ一つの救いは、いまごろ地球では、彼を地球の良心とたたえているだろう、と想像してみることだけであった。

対　策

デパートのなかは、いつも楽しさでみちている。入口をはいったとたんに、あたしの足は一段と軽やかになった。都会のなかで、デパートほど気持ちのいい場所はないにちがいない。冬は暖かく、夏には涼しい空気が流れている。流行の服、外国製の品物。豊富な商品が美しく飾られ、並べられている。

それらをただ眺めて歩くだけでも、いつのまにかうきうきしてくる。もちろん、お金を払って買うことができれば、さらにすばらしい。また、お金を払わなくても……。

あたしはまず、食器売場に立ち寄った。そこでフォークを一本、そっとハンドバッグにしのびこませた。こんな時に、あたりをきょろきょろ見まわしたりしてはいけない。急ぎ足で逃げ出そうとするのも下手な方法。むしろ、買おうか買うまいか考えているようなようすをつづけ、しばらくしてからゆっくり離れるのが、いちばんいい。

あんのじょう、店員はだれも気がつかなかった。あたしの服装が上品な高級品だから、気をゆるしたのかしら。安物のフォークだから注意がおろそかになっているのかしら。それとも、人手不足のため店員の質が落ちているのかしら。

それから、あたしはエレベーターに乗って上のほうの階にいった。こんどは電気製品の売場。小型ラジオがいくつも陳列してある。あたしは手に取り、品物を見くらべるふりをして、戻したり持ちかえたりした。そして、すきを見てまた、ハンドバッグのなかに一台すべりこませることに成功した。

このデパートは簡単だわ。つまらないくらい手ごたえがない。あたしはべつの売場に移ろうと思って、階段のそばまでいった。その時、耳もとで声がささやいた。

「おじょうさま。なにかお忘れでは……」

ふりかえると、中年の男が立っていた。地味な服を着ているくせに目が鋭い。あたしは一瞬、薄いガラス板のように緊張した。だけど、それを顔にはあらわさず、さりげなく答えた。

「あら、どうもありがとう。でも、なにを忘れたのかしら」

「驚きましたね。……ちょっとお話ししたいことがございます。どうぞこちらへ」

男は目立たぬようにあたしの手をひっぱり、売場の奥にある部屋に連れていった。だれもいない、机と椅子(いす)だけの殺風景な部屋。

「なんですの、お話とは……」

「ご冗談は困りますね。そのハンドバッグのなかにある、ラジオのことでございます」

と言いながら、男は身分証明書を出した。それを見ると、彼はこのデパートの警備係であることがわかった。あたしはハンドバッグをあけ、ラジオを取り出した。

「これがどうかしまして……。あたしいつも持って歩く習慣なの。なにかと便利ですものね」

「しかし、さきほどまではお持ちでなかったように、お見うけしましたが」

男の声には、すべてを知っているという迫力があった。とぼける程度で、切り抜けることができる相手ではなさそうだった。

「あら、そうだったわ。買ったのよ。さっき」

「では、領収書を拝見いたしましょう」

「ええ、いいわ。だけど、どこにしまったかしら……」

と、あたしは胸のポケットをさぐるようなしぐさをし、いくらか色っぽいポーズを試み、流し目を送ってみた。それと同時に、男の反応をうかがった。しかし、この方法もいまの相手には、あまり効果を発揮できそうにないようだった。

「……なくしちゃったらしいわ。落したのかしら」

「お買いになった品かどうかは、売場に連絡すれば、すぐにわかります」

男は机のすみの電話を取ろうとした。あたしは、その手にすがりついてたのんだ。

「あたしが悪かったわ。お金はまだ払ってないの。欲しくてたまらなくなって、つい、ハンドバッグにいれてしまったのよ」

「そのように、早くお答えくだされぱよかったのです。では、お名前と住所をお聞かせ下さい。うそをおつきにならないように。いちおう電話で問いあわせますから。すぐにわかります」

「お願い。名前を言うのだけはかんべんして。こんなことを家に知られるくらいなら、死んでしまうほうがいいわ」

あたしはすすり泣きをはじめ、声を少しずつ大きくした。これは、いつも練習を重ねている演技だった。泣き声をつづけながら、窓のほうに歩いていって、いまにも飛びおりそうな勢いをしめした。だけど、相手の表情はいっこうに崩れなかった。よほど堅い人間のようだ。あたしは窓ぎわでふりむき、うらめしそうな目つきで訴えた。

「どうしても許していただけないの。品物はおかえしするわ。お店にはなんの損もからないわけでしょう。たかがラジオ一台の出来心ぐらいで、ひとを自殺に追いこんでしまうおつもりですの」

「ほかのかたの場合なら、話はべつでしょう。しかし、出来心という言葉をお使いになるようでは、これがはじめてとは思えません」

軽く言い逃れようとしたり、色っぽい目つきを試みたことなども、すっかり観察されてしまったようだ。

「もう、決してやらないわ。自分でもわからないうちに、いつのまにか手が伸びてしまったの」

「病気だとおっしゃるのですか。病気でしたら、これで終りとは言いきれません。早く入院をなさって悪い性癖を治療なさらないと、世の中にさらに大きな迷惑をかけることになります……」

警備係の男は、追及の手をゆるめなかった。あたしはいよいよ、最後の方法を使うことにした。

涙をぬぐうためにハンドバッグからハンカチを出しながら、高額紙幣を一枚、そっと床に落した。そして、相手に注意した。

「あら、お金をお落しになったわよ」

男はそれを拾いあげ、けげんそうな顔つきをしていたが、やがて眉（まゆ）をしかめながら言った。

「いけません。こんなことをなさっては……」

「あたしのお金じゃないわ。お金がありさえすれば、ラジオもちゃんと買ったはずですもの……」

あたしは説明をし、いま相手が拾うすきに机の上にのせた、もう一枚の紙幣を指さした。

「……そこにもお落しになっているわ。ねえ。あたし、家族のことを考えると、ぜひ見のがしていただきたいのよ。あなたのほうも、ご家族のことをお考えになって、見のがしてくださる気にならない……」

あたしは相手が応じやすいように、ものなれた口調で言った。警備係は二枚の札を指でつまみ、それを見つめながら、

「さあ……」

と、みこみのありそうな表情を、いくらか示した。ここで、すかさずもう一押ししなければいけない。あたしは身をかがめ、立ちあがる時に、さらに一枚を手にして差し出した。そして、相手に念を押すように言った。

「あら、机の下にもう一枚落ちていたわ」

男は催眠術にかかったように受け取り、三枚の高額紙幣を眺めた。まばたきをし、

しばらく考えていたが、やがて事態を了解したような顔つきになった。彼の首はやっと前後にゆれた。

「まあ、今回だけは大目に見ておくことにいたしましょう。しかし、つぎからは見のがすことができません。警察に連絡することになりますよ」

「ありがとう。助かりましたわ」

あたしはにっこり笑った。勤務先の会社の身分証明書を出さずにすんでよかった。そうなると、二度とこの店で仕事ができなくなる。肩の荷がおりたような気持ちになって、あたしはデパートを出た。

デパートを出たあたしは、不正調査株式会社にかえり、事務室に戻った。さっそく、いつものように報告用紙に書き込む。

デパート名。時刻。食器売場では万引対策が不充分。ラジオ売場では注意を受けたが、その警備係は買収に応じる。

さらに、買収に要した費用を書き加え、部長のところへ持っていった。部長はそれに目を走らせながら、あたしをねぎらった。

「ごくろう。さっそく、このデパートの経営者に連絡しよう。わが社と契約しているおかげで、店員の不注意や、不良社員を早期に発見でき、経営者もさぞ喜ぶだろう」

「意義ある仕事ですわね。働きがいがありますわ」

「ああ。きみたち社員が、みな熱心に活躍してくれるおかげで、わが社も大いに信用がついてきた。各方面の会社との契約がふえる一方だ。野党からの申し込みで、近く官庁関係にも範囲をひろげることになるらしい。こうして少しずつ、買収といういまわしい行為が減ってゆく。やがては不正が一掃された、清潔な社会になることだろう」

「だけど、そうなったら、この会社もおしまいですわね」

「そんなことはない。買収という行為は伝染病と同じで、一朝一夕に根絶できるものではない。また、根絶したからといって、手をゆるめるわけにもいかない。再発にそなえて、医者はいつまでも必要な存在だ」

「そういえばそうですわ。……それで、あの警備係はくびになるのでしょうね」

あたしは、さっきの最初はまじめだった男を思い出し、なにげなく聞いた。部長は手の書類を見つめていたが、

「ふつうならそうだが、こんどはちがう。くびになるのは気の毒だが、きみのほうだ」

「あたしですって、なぜですの。買収に応じたのは警備係のほうですのよ」

と、あたしは驚いて聞きかえした。

「じつは、あの警備係は、わが社で特別に派遣しておいた男だったのだ。うちの社員の不正を発見するために。少し前に彼から、紙幣三枚を受け取ったと連絡してきた……」

あたしはいまの書類に、買収費として紙幣四枚を使ったと書き込んでしまったことを、心の底から後悔した。

もう、デパートめぐりという、この楽しくてたまらないお仕事とも、お別れになってしまうのかしら。せっかく、あらゆる要領を身につけたところなのに。あきらめる前に、一応はお願いをしてみることにした。

「あの、なんとか見のがしていただけないでしょうか。もちろん……」

と、あたしは自分の机の上のハンドバッグに目をやり、意味ありげな口調で言った。

「考えておく……」

部長の答は重々しい声だったが、あたしはほっとした。部長の目の奥に、かすかだけど明らかに、みこみありそうな手ごたえを発見したのだ。

こと買収に関する感覚となると、うちの社のものは、だれもかれも、みな極度に敏感で、しかも正確なのだから。

宇宙の男たち

「おい、望遠鏡をのぞかせてくれ。地球はさらに近づいたことだろう」

せまい客席でのびをしながら、老人はこう声をかけた。ひと眠りして目がさめるたびに、彼はいつもこのことを要求する。

「いいですとも。どうぞ」

操縦席の青年は、口もとに笑いを浮かべながら答えた。

小さな惑星間連絡ロケットに乗っているのは、この二人だけだった。火星の基地を出発し、地球への航路をたどっていた。操縦席の前にある窓の外には、静寂で透明な暗黒が限りなくひろがっていた。そして、その果てには数えきれぬ星々が散っていた。虹(にじ)を凍らせて砕き、ちりばめたとも思えるほど、色とりどりの星々が。

「海や山がはっきりと見わけられるぐらいになったろうか。わしが地球へ帰るのは、何十年ぶりかになる」

老人は操縦席のそばで身をかがめ、望遠鏡に目を当てた。だが、やがて目をはなし、

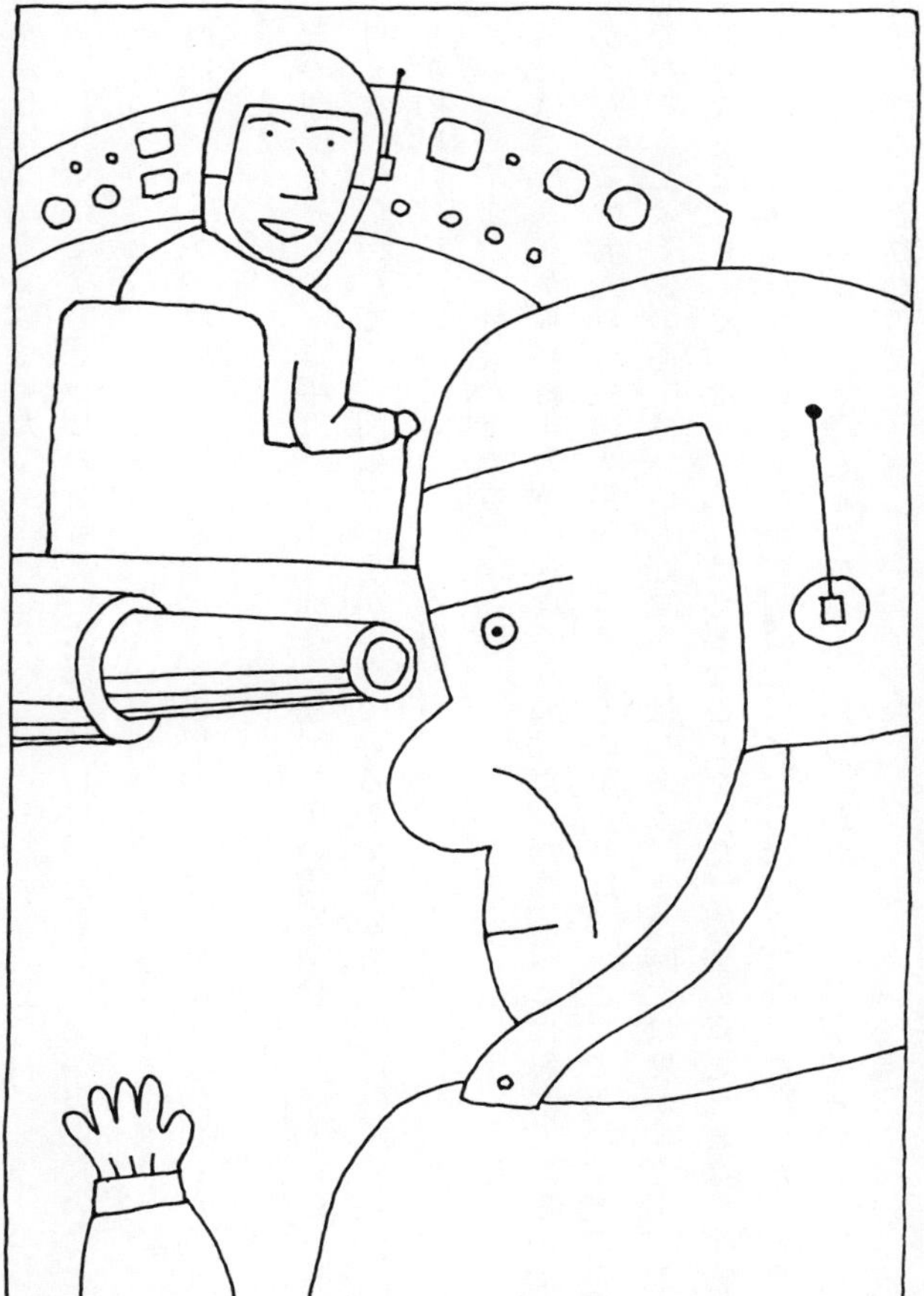

首をかしげながらつぶやいた。

「どうもよく見えない。わしの目もだいぶ弱ってしまったらしい。宇宙に長いことい
ると、いろいろと故障がおこる」

彼はポケットから目薬を出して使った。その目のまわりには、多くのしわが刻まれ
てあった。

その様子を見ていた青年は、押えきれなくなって笑い声をあげ、

「見えないのが当然です。前にカバーがついているのですから」

と対物レンズをおおっているカバーを外した。

「こいつめ。また一杯くわせたな」

老人はどなりながら、青年の背中をなぐりつけた。だが、べつに怒っているのでは
なかった。この老人は人生の大半を、ほうぼうの宇宙基地ですごしてきた。どこの基
地であろうと、そこの連中はいつも冗談をとばしあう。また時には度がすぎて、悪ふ
ざけになることもある。だが、それは必要なことだった。娯楽のほとんどない宇宙の
生活では、だれもかれもがピエロか喜劇の役者にならなければならないのだ。無理を
してでも人をからかい、無理をしてでも人にからかわれるように努めるのが、宇宙で
暮す者たちの義務なのだ。

それは基地ばかりでなく、ロケットのなかでも同じことだった。もしもこの若い操縦士が口数の少ない、まじめな男でもあったら、どんな乗客でも退屈のために一日でまいってしまう。

そんなわけで、老人は少しも怒らなかった。そればかりか、つぎにはどんないたずらをやってくれるかと、期待さえしていた。火星を出発してから、この二人は妙に気があっていた。老人が自分の若い時の姿を、その青年のなかに見いだしていたせいかもしれなかった。

「どうです。見えるでしょう」

青年は望遠鏡をいじり、虚空（こくう）のなかの青い光の点にむけて老人にすすめた。

「ああ、見える。青い海、白い雲、緑の陸地……。あとどれくらいだ」

「さっき説明したばかりですよ。月の空港まであと二日。そこから地球までが一日です。ここまでくれば、もうすぐですよ。そう急ぐことはないではありませんか」

老人は望遠鏡をのぞきながら答えた。

「悪く思わんでくれ。なにしろ、数十年ぶりに帰るんだからな」

青年はふしぎそうに聞きかえした。

「数十年とは、ずいぶん長いごぶさたですね。普通なら十年に一度は休暇をとって、地球へ帰れることになっているではありませんか。それなのに数十年とは。若い時に宇宙に出てから、一度も帰っていないことになるではありませんか」

「ああ、そういうことになるな」

「どこの基地で仕事をなさっていたのです」

「最初は月の基地で働いた。そのころ、火星の建設がはじまった。わしはそれに志願して加わった。少しでも遠くへ行ってみたかったのだ」

「わかりますよ、その気持ちは。わたしだって今は火星地球間の操縦士ですが、早くもっと別な、遠い航路に移りたいと思っています。この気持ちだけは説明のしようがありませんね。宇宙から引きよせられるのか、地球から追いたてられるのかわからないが、押えられないなにかです」

と青年はうなずき、老人もまたうなずいた。

「宇宙に憑かれた男はみな同じだな。わしは火星で十年ばかり働いた。そのうち、建設が一段落すると、こんどは小惑星群の調査隊に入れてもらった。わしはそこでいくつかの貴金属の鉱石を見つけた。しかし、その報酬も火星の基地で賭けごとなどで使い、また、小惑星に出かける、ということを何度もくりかえした」

「それから……」

「やがて、木星の衛星への探検隊が編成され、わしはそれに志願した。はじめは小さな基地を作り、少しずつ大きくしていった。空にかかる驚くほど大きな木星を眺め、青白い氷だけにとざされたその世界で、わしは何年かをすごした」

「よくがまんできましたね」

と青年は言った。だが、その表情はあこがれでみちていた。

「わしはそのころ、四十をちょっと過ぎていた。しかし、それからまた、小惑星帯の仕事にもどしてもらった」

「なぜです」

「なぜだかわからん。地球にもう少し近い所で働きたくなったのだ」

「としのせいなんでしょうね」

「おそらくそうだろう。なんの変化もない氷の世界でも、時だけはたつものだ。そして、火星の基地での仕事に戻った。なぜか、地球がなつかしくてならなくなる。地球を望遠鏡で眺める回数が多くなる」

「その気持ちは、よくわかりません」

「いまにわかるようになる。地球に引きつけられ、宇宙から押しもどされるような気持ちだ。宇宙がおそらく、わしを必要としなくなったのだろう」

老人は目をまたたいた。

「それが高まって地球へ帰る気になったのですね。しかし、それも悪くはないではありませんか。星々のあいだでの思い出を持って、地球で余生をおくる。それが自然なのかもしれませんね」

「ああ、だが、宇宙と別れたくない気もする。変なものだ。星々がわしの家族のようなものだからだろうな。わからん……」

老人は首をふり、青年は黙った。それから二人は箱をあけ、簡単な食事をとった。ロケットのなかの時計はかちかちと単調な音をたて、地球への距離が少しずつ短くなっていることを告げていた。

その時、ふいに大きな音がひびいた。同時に、激しい衝撃があらゆる物を揺り動かした。窓のそとでは、星々が銀の縞模様となって渦を巻いて流れた。

だが、嵐を凝縮したようなその衝撃は、一瞬のうちに去り、あたりにはまた、さっきまでと変らない静かさがもどってきた。客席の老人は壁にたたきつけられ、しばらく身動きができなかった。

しかし、彼はやがて顔についた食事の残りをぬぐい、肩を押えながらうめくような声をあげた。

「おい、驚かすなよ。冗談がひどすぎるぞ。おかげで、わしはもう少しで、食事をのどにつかえさせるところだった。地球へ着いたら空港で文句をつけて、料金を値引きさせてやる。客をこんな目にあわせるとは、なんということだ」

老人はもちろん、なにかの事故がおこったことを知っていた。しかし、宇宙では不安の悲鳴をあげたところで、なんの役に立たないことも、よくわかっていたのだった。

「こんどは驚いたでしょう。さすがのあなたも」

青年は操縦席のかげで応じた。彼もまた、あわてることの無意味さを知っていた。

「けがはなかったか。わしは肩を痛めた」

「こっちはけがだらけです。無事なのはしゃべっているこの口だけです」

「それはいかんな」

と、老人は操縦席に近づいた。しかし、青年はたちまち笑い声をあげた。

「というのはうそで、なんともありません」

しかし、彼の額には計器にでもぶつけたのか、かすり傷がついていた。老人は苦笑いをした。

「やれやれ。また一杯くわされた。ところで、いまのはなんだ。隕石(いんせき)か」

「どうも、そうらしいようです。隕石がどこかにぶつかったのでしょう」

青年は窓からそとをのぞいた。星々の位置はさっきとずいぶん変っていた。望遠鏡も青みをおびた地球にむいてはいなかった。ロケットの進路がずれたことを示している。

彼は顔をしかめ、無電機をいじった。だが、いくら待っても、どの基地からも応答はなかった。

「いまの衝撃で無電機がこわれたようです。連絡がとれなくなりました」

「冗談じゃないだろうな」

「これが冗談であってくれたら、わたしは二度と冗談を口にしませんよ」

青年はそう言いながら、壁のボタンの一つを押した。モーターのうなりがして、ロケットの胴から長い棒が伸び出していった。この棒の先には鏡がついていて、ロケットの各部を窓からしらべることができる。その鏡はゆっくりと角度を変え、銀色の船体を前部からそこに映していった。

「べつに異状もないようだな」

だが、鏡が尾部をうつした時、二人はさすがに顔色を変えた。噴射の部分が、隕石によって醜くつぶされていたのだ。ハンマーでたたかれた空缶に似ていた。

二人は黙ったままだったが、そのうち老人が言った。

「これでは駄目のようだな」

「でも、できるだけのことはやってみます」

青年は操縦盤をいろいろと動かしてみた。しかし、尾部からの炎の噴射は弱々しく、不規則だった。ろうそくの火が燃え尽きる時のように、ため息をついていた。それにつれ、ロケットは少し揺れたが、狂った進路をもとにもどすことは、とてもできそうになかった。

「そとへ出て、故障の箇所をくわしく点検してきます」

青年は宇宙服をつけ、二重扉のそとに出ていった。だが、ふたたびもどってきて宇宙帽をとった彼の表情は、事態が絶望的であることを説明していた。それでも、老人はいちおう聞いてみた。

「どうだった」

「申しわけありません。修理は不可能な状態です。そのうえ、アンテナまでもぎ取られました。救助信号も打てません。せっかくここまできて……」

彼は口をつぐんだ。老人もまたなにも言わなかった。時計はあいかわらず音をたて、一秒ごとにロケットが地球から遠ざかりつつあることを告げていた。しかし、それを防げる方法は、もはや残されていないのだった。

老人は、自分に言い聞かせるように言った。

「いや、わしはいさぎよくあきらめよう。星々が呼びとめたのだろう。地球へ帰ろうとは水くさいとな」

「しかし、一生を働きつづけ、これからやっと、地球でくつろごうとなさった時で、お気の毒です」

「いや、わしは充分に生きてきたよ。真空や極寒と隣りあわせでいて、よく今まで生きてこられた。わしの同僚たちは、あらかた宇宙で消えてしまった。わしがそうなったところで、べつにふしぎでもない。それより、まだ若い、きみのほうが気の毒だ。わしが地球へ帰ろうなどと思ったため、巻きぞえにしてしまった」

「それは仕方ありません。職務です。それに、宇宙へ飛び出そうと思った時に、このような事故の覚悟はしていました」

少しの時間、沈黙がつづいた。ロケット内の空気は生気を失いはじめたように思えた。ロケットは進みつづけているものの、その方向にはなにひとつないのだった。

老人が心に描いてきた、温かくにぎやかな地球をめざしているのではない。また、青年があこがれている未知の惑星をめざしているのでもない。

迎えてくれるのは、なにひとつない限りない空間、そして、死。

「さて」と老人は首をかしげ「これからなにをしたものだろう。こんな事故の時には、みなどんなことをするのだろうか」

「隕石にぶつかった場合は、たいてい、その瞬間に死んでしまいます。こんな事故はめったにありません。ですから、わたしにも見当もつきません」

「なるほど。即死でないだけ、わしたちは運がよかったというわけだな」

「もっとも、わたしが習った講義では、冬眠剤を飲んで救助を待つように、とありました。どこかにあるはずです……」

青年は座席の下をさがした。

「あ、ありました」

「しかし、助かる見込みはあるまいな」

「あまり期待しないほうがいいでしょう。無電機がこわれては助けの呼びようがありません。この広い空間です。海へ逃げた一匹の魚を、追いかけるようなものですから」

「ああ、わしもそう思う。そうなると、二度と目ざめない眠りを、そう急ぐこともあるまいな。どうだ、トランプでもやるか。わしはためた金を持っているぞ」

青年は笑った。

「それはいい冗談だ。こんな時に金をかけてトランプをするとは、だれも今まで考えもしなかったことでしょう。でも、残念なことに、わたしはトランプを知らないのです」

「しようがないやつだな。では、わしは酒でも飲むとしよう。残しておいてはもったいないからな」

老人は酒のびんをさがし、ひとりで飲みはじめた。いっぽう青年は小型のタイプライターに紙をはさみ、キーをたたきはじめた。老人はふしぎそうに聞いた。

「なにを打っている」

「通信用の小型ロケットが一つあるのを思い出しました。それに入れて地球へ送ろうと思うのです」

「通信用ロケットなら、わしも知っている。だが、それで助けを呼ぼうとしても、とても無理だ。地球へ届くまで三日、すぐに助けに出発してくれたとしても、また三日だ。そのあいだに、わしたちはわけのわからない方角の、手のつけようもない彼方に流れていってしまっている。それがわかっているから、救助には来てくれまい」

「わたしもそう思います。これは救助を求める手紙ではありません。遺書ですよ。なにか書き残したいことがありましたら、ついでにつけたしてあげますよ」

と、青年はタイプを打ちながら言った。

「いや、わしには身よりなどない。しかし、きみの遺書とは興味がある。どんなことを書いた。さしつかえなかったら、見せて欲しいものだね。いったい、だれにあてた遺書なんだ」

「両親にですよ。さあ、すみました。ごらんになりますか」

青年はタイプし終った紙を渡した。

〈お父さん、お母さん。私のロケットは、いま隕石に衝突し、事故をおこしました。もう助かりそうにありません。もう一度お会いしたいと思いますが、それも無理なようです。しかし、あまり悲しまないで下さい。私は子供のころからあこがれていた宇宙に出られ、そこで死ぬのです。私は満足です。では、どうぞお元気で。さようなら〉

老人は手紙を読み終え、それをかえした。だが、青年がそれを通信ロケットに入れようとするのを見て、いぶかしげに聞いた。

「そのまま入れるのか」

「なぜです。いけませんか」

「きみの名前が落ちているではないか」

「名前など、ないほうがいいのですよ」

「それはまた、どういうつもりなのだ」

と、老人はさらに不審そうな顔つきになった。青年は言う。

「いままでに、多くの若者が宇宙の事故で消息を絶っています」

「それはそうだ。わしの仲間も、部下も、ずいぶん宇宙で死んだ。だが、それとどういう関係がある」

「その若者たちの両親は、おそらくあきらめきれずにいるでしょう。息子はどうなったのだろう。最後に自分のことを思い出してくれただろうかと。そして、雲のない夜には空を見あげ、星々のあいだを指さしてひとりでつぶやいたり、話しあったりしていることでしょう。そこにこの通信ロケットがもたらされる。すこしはなぐさめになるのではないでしょうか。それには名前が書いてあっては役に立ちません」

「なるほど……」

老人は言葉少なくうなずいた。だが、なっとくできないような様子で、こう言った。

「……いい考えだが、きみの両親のことを考えたら、それではぐあいが悪いだろう。やはり、はっきりと自分たちの息子の名があったほうがいいのではないかな」

「いいんですよ」

と、青年は笑った。

「よくはないよ。両親のことを考えたら、そんなことはできないはずだ」

老人はとがめるような口調になったが、青年は笑うのをやめなかった。

「いいんですよ。わたしは孤児なのですから」

老人はしばらく黙っていたが、やがていっしょに笑い出した。

「また一杯ひっかけられたな。これは今までの最高の冗談だ。わしにも手伝わさせてくれ」

「いいですとも。でも、どうするつもりなんです」

「いまの遺書に、この文句をつけ加えてくれ。給料をためたお金を、いっしょにお送りします、とな」

やがて、署名のない遺書と老人の金とを抱いた通信ロケットは、地球の方向にむけて発射された。

光の尾を引いて、青く小さな星が地球にむかって走ってゆくのを窓から眺め、二人は同じことを口にした。

「うまく届いてくれるといいが」

光の尾は遠ざかり、見えなくなった。老人は手に持っていた酒のびんを見た。もうなかみはなくなっていた。

「酒もなくなったし、これ以上の冗談は出そうもない。冬眠剤とやらを飲むとしようか」

二人は席につき、冬眠剤を飲んだ。青年は操縦席のスイッチを切った。あたりは暗くなり、内部の温度は下りはじめた。窓からさしこむかすかな星あかりのなかで、老人はつぶやくように言った。

「ああ、眠くなってきた。なんだか、わしにはおまえが息子のように思えてきたよ」

「わたしもあなたが……。いや、もう冗談はよしましょう。あなたは息子とはどんなものか知らないんですし、わたしも親とはどんなものか知らないんですよ」

それから、どちらからともなく声をかけあった。

「さよなら」

悪人と善良な市民

「おい。大声をたてたりしないで、こっちをむけ」

「……部屋のすみで人声がしたようだが、気のせいだろうな。いまは何時ごろだろう。もう、午前二時か。毎晩おそくまで、ひとりで読書をするのもいいが、あまり度をすごすと、睡眠不足で神経が疲れ、こんな幻聴のおこることも……」

「なにをぶつぶつ、ひとりごとを言っている。おとなしく、こっちをむくんだ」

「あっ。……驚かさないで下さい。幽霊でも出たのかと思った」

「幽霊なものか。よく見ろ。この通り足があり、手も……」

「その、手に持っているのは、拳銃(けんじゅう)のようですが」

「ああ。拳銃だ」

「だ、だれなのです、あなたは。強盗ですか」

「いや。強盗ではない」

「なんだ、冗談だったのですね。驚きましたよ。しかし、そんな冗談はひどすぎます。

真夜中にそっと、ひとの部屋に忍びこんだりして。おやめなさい。心臓の悪い人にそんなことをやったら、ショックで死ぬことがあるかもしれません」

「あいにくだが、これは冗談ではない」

「では、なんです。強盗でも、冗談でもないとすると」

「もっと悪いことだ。おれは、おまえを殺しに来たのだ」

「殺しにですって。このわたしを」

「そうとも。おまえの住所をつきとめるのに、かなりの日時をついやし、たいへんな苦労をした。そして、三日ほど前にやっと、ここに住んでいるのをつきとめた。それから、隣りの人が旅行に出かけるのを待ち、今夜しのび込んできたというわけだ。だから、大声をたてないでほしい。助けを呼んでみてもむだだ。また、逃げようとしたり、電話機に手を伸ばそうとすると、その瞬間に引金をひく」

「待って下さい。まるでわけがわからない。これは、なにかの間違いでしょう。そうにきまっている」

「いや。間違いでも、人ちがいでもない。充分に調べた上でのことだ。年月がたって、表情はいくらか変っているが、たしかにおまえだ」

「そういえば、あなたの顔に見おぼえがあるようです。どこでお会いしたか、どうも思い出せませんが」

「ほら。そんな言葉が出るからには、おまえにまちがいない。すでに死んでしまったかと心配していたが、よく生きていてくれた」

「わたしの無事を祈っていて、そのくせ、殺しにきたとおっしゃるのですね」

「ああ、おれの手で殺さなければならないからだ」

「まるで、親のかたきでも討つような、すごい執念ではありませんか。しかし、聞いて下さい。わたしは今までに、人を殺したり、傷つけたりしたことはありません。また、金銭的な迷惑をかけ、他人を破滅に追いやったこともありません。平凡で、善良な一市民のつもりです」

「それは知っている」

「では、なんのためです。まだわたしは独身ですから、恋愛もし、時には女遊びもします。しかし、他人の奥さんを誘惑したりはしません。あなたの奥さんのことでしたら、それは誤解です」

「おれも独身だ。女のうらみではない」

「それなら、なんのうらみです。どう考えても、他人にうらまれるようなおぼえは、まったくありません」

「おまえが、身におぼえがない、と主張するのももっともだ。個人的なうらみで、おまえを殺しに来たのではない」

「と、おっしゃると、どんな理由です。わたしが社会の害虫的存在で、生かしておけない、とでもおっしゃるのですか。それもおぼえがありません。もっとも、定期券を利用したキセル乗車、ちょっとした税金のごまかし、立小便、交通違反ぐらいなら、やっていないとは言いません。しかし、その程度のことをとがめだてしたら、だれもが殺されなくてはならなくなってしまいますよ」

「そんなことでもない。おまえはたしかに、善良な市民であることにまちがいない」

「おわかりになったら、帰って下さい。こんなばかげた騒ぎで、はらはらするのはたくさんです」

「いや。帰るわけにはいかない。帰るとしても、おまえを殺してからだ」

「すると。……あ、あなたは殺人狂か。殺人狂なら、見さかいなく殺す。しかし、どうせ殺すなら、わたしのような人間を選ばなくてもいいでしょう。もっと若く美しい女でもねらったら」

「おれは正気だ。だからこそ、おまえを殺しに来たのだ」

「ま、待って下さい。テレビの悪役タレントなら、台本に従い、演出の指示で、ころころ死ぬのもいいでしょう。放送が終れば、金をもらって帰れるのですから。しかし、人生の本番で、本当に殺されるのはまっぴらです。それで、なにもかも終りではありませんか」

「その点については、同情する。気の毒だと思う」

「いったい、なんの巻きぞえです。あなたは殺し屋なのですか。しかし、わたしは犯行の現場を目撃した記憶もありません。善良な市民ですから、そんな場合は証人に立つでしょう。だが、証言しようにも、なにも見ていません。どこかの犯罪組織が、消せという指令を出したにしろ、おかどちがいでしょう」

「テレビの犯罪物を見ているせいか、なかなかくわしいな」

「犯罪組織でないとすれば、スパイですか。しかし、わたしの勤め先の会社は、中小企業です。国際的に問題になるような、秘密兵器とはまったく関係がありませんよ。

また、気づかぬうちに、重要書類の運搬役になっていたはずも……」

「おまえの想像力は、なかなかすばらしい。とっさのあいだに、ありとあらゆる状態に考えをめぐらす。殺すのが惜しいようだ。その想像力をうまく使えば、相当な財産家になることだろう」

「想像力をほめられ、死ななかった場合の未来をほめられながら殺されるのは、少しも楽しくありませんよ。そんなことは、あなたに言ってもらわなくても、お通夜に来てくれる人が、いくらでもしゃべってくれます」

「それはそうだな」

「殺すのを中止して下さるのなら、大いに感謝しますが」

「中止するわけにはいかない」

「人が殺される理由は、このほかに、もうないでしょう」

「まだ一つある」

「なんです、それは」

「金だ」

「金ですって……」

「ああ、金だ。想像力をひろげ、あまり複雑に考えすぎたので、最も単純、統計的にも最も多い、殺人の動機を忘れていたようだな」

「ばかばかしい。その拳銃がわたしのほうをむいていなければ、大声で笑うところですよ。忘れていたわけではありません。金なんか、まったくありません。いや、正確には財布にいくらか入っていますが、それなら、ご自由にお持ち下さい」

「そんな、はした金のことではない」

「あなたはさっき、強盗ではない、とおっしゃった。しかし、殺人をしてまで金が欲しいのなら、よその家へ強盗に入ったらどうです。べつに、そそのかすわけではありませんが、あなたにとっても、そのほうが有利でしょう」

「それなら聞くが、どこの家へ行けば、まとまった金が確実に手に入る」

「さあ、そう言われても……」

「答えられないわけだ。答えられるものなら、だれもが強盗になっている。強盗とは、そう簡単な仕事ではない。頭の悪い人間のすることだ。金持ちの家だからといって、まとまった現金があるとは限らない。むしろ、金持ちに限って用心深く、銀行預金にしている。通帳を盗んだところで、どうなるものでもない。おろしに行けば、すぐにつかまる」

「それでも、わたしよりはいいでしょう。わたしには預金もなく、現金だってわずかなものです。鳥小屋にしのびこんだ牛泥棒、麦畑にしのびこんだスイカ泥棒のようなものです」

「いや。おまえがそう思いこんでいるだけのことだ」

「とんでもない。金があったらいい、とはいつも思いこんでいますが、ある金をないと思いこむなんて、そんな芸当のできる人はあるものですか。税務署との交渉の時に、ないふりをする人はあるでしょうが」

「ところが、そうではないのだ」

「あるものですか。現在ないばかりか、将来をどう想像しても、金のはいるあてはありません。遺産のころがりこむ親類もなければ、外人の旅行者に親切にしてやったこともありません。もっとも、まだ独身ですから、かなりな持参金を持った女性と、結婚する可能性がないとは言えませんが」

「おれのねらいは、そんな未来のことではない。現在の話だ」

「すると、生命保険ですか。無理にすすめられ、義理で入ったのが一口ありますが、わずかな額です。……さては、わたしの知らないまに、あなたが多額な保険をつけたのでしょう。それなら、話の筋がいくらか通る」

「想像力が、また飛躍しはじめたな」

「そうでしょう。わたしを殺すことに執着している。そして、わたしの知らない幻の大金だ。結びつきます。しかし、その計画は無理ですよ。保険会社の人を買収しているのかもしれませんが、殺された場合は、不審を抱いて、まず受取人を調べるにきまっています。そこにあなたの名前があるかどうかも知りませんが、いずれ、ばれるにきまっていますよ。警察だって、それほど、ばかではないはずです」

「おれだって、それほど、ばかではないはずだ。そんな危険をおかしはしない。……だが、おれも質問ぜめにされるのにはあきた。もう、いいかげんでやめよう」

「いいかげんでやめてもらいたいのは、わたしのほうですよ。わけを話して下さい」

「話してもいい。だが、罪もない人を殺すのに、そのわけを話すのは忍びない気持ちだ。だからこそ、いままで言い出しにくかったのだ」

「いいではありませんか。あなたのようすでは、中止してくれそうにない。といって、逃げることもできず、助けが来そうにもない。覚悟するほかになさそうです。どんな無茶な理屈でも、ぜんぜん知らずに死ぬより、まだましでしょう。道を歩いていて、ビルから落ちてきたものに当って死ぬ人だっている世の中です。まだ、いいほうかもしれない。朝(あした)に道を聞けば、夕(ゆうべ)に死すとも可なり、とかいう言葉もあったようです」

「そう覚悟をきめてもらうと、お礼を言いたい気持ちだ」

「お礼を言われても、うれしくありませんよ。……で、早く説明して下さい」

「じつは、おれは医者だ。いや、かつて医者だった」

「そうだ。思い出しましたよ。あなたに白衣を着せると、いくらか記憶が戻ってきます。しかし、いつ、どんな病気で診察されたのかまでは思い出せません」

「それは無理もない。七年ほど前のことだ。おれは当時、小さな病院を持ち、大金をもうけた」

「けっこうではありませんか。小さな病院で大金がもうかるものとは知りませんが
……」

「いや。まともでは、そうはいかない。おれは医者であることを利用し、麻薬を動かした。銀行員が金を動かし、葬儀社が死体を動かしても怪しまれないように、あまり目立たない。相当な金をためることができた」

「うまくやりましたね」

「そのままつづければ、こんなうまい仕事はなかった。だが、ついに発覚した。いくらか手をひろげすぎたためらしい」

「なにもかも、水のあわでしたね」

「いや。おれもそろそろ、危険が近づきはじめたことは予期していた。証拠となる書類や物件は、すべて焼きすてた。しかし、高飛びをしようとした寸前、病院に刑事がやってきて、つかまってしまった。これというのも、みんなおまえのせいだ」

「なんでわたしのせいになるのか、見当がつきませんが、さぞ残念だったでしょう。その先を話して下さい」

「なにもかにもが残念というわけではなかった。おれのもうけた金は、すべてかくし

おおせた」

「警察は、徹底的に家さがしをしたでしょうに。それでも、見つからなかったのですか」

「ああ、むだだったな。警察では、おれに麻酔でもかけ、しゃべらせたかったようだが、それは幸いなことに、法律で許されていない」

「どこにかくしたのです」

「おれはその時、手術中で患者に全身麻酔をかけていた。一方、もうけの金は密輸入の大型ダイヤモンドに変えておいた。刑事が病院をとりかこんだ時のことだ。どうしたかわかるだろう」

「わかるような気がします」

「盲腸の手術中だった、その患者の体内に埋めてしまった。それを終えてから、逮捕された」

「その患者が、わたしだったのですか」

「その通りだ。おまえは麻酔がかかっていて、そのことを少しも知らない。警察のほうも、おれの利益の結晶が、そんなふうにかくされたとは気づかなかった。知っているのは、おれだけだった」

「ああ。そうだったのか」

「おれは黙り通し、五年の刑を受け、おまえの無事を祈りながら待った。釈放になってから一年は、警察の監視があって、おとなしくしていた。それから一年、おれはおまえをさがすのに費した。病院の記録を調べるわけにいかず、怪しまれずにおまえをさがすのに、すごい苦労をした。涙なくしては話せない苦労だが、もう、それはどうでもいいだろう。やっと、おまえを見つけ出すことができたのだから」

「あなたが、あの時の医者だったのか……」

「はだかになってみるか。もし盲腸の手術のあとがなければ、人ちがいと認め、殺すのをやめよう。無意味な人殺しをするつもりはない」

「はだかになるまでもありません。手術のあとはあります」

「盲腸は人体でなんの役にも立たない器官である。これが医学上の定説だった。おれはその説をくつがえし、みごとな利用を考えついたわけだ。しかし、学界に発表することもできない。二度と医者はやれないのだから」

「そのダイヤを取りかえしにきた、とおっしゃるわけですね」

「言うまでもない。おまえにとっては、気の毒な、運の悪い話だろう。だが、おれの気持ちもわかってくれ。医者はやれない。前科がある。金もうけの口はない。忘れろと言っても無理だろう。おれには、そのダイヤが必要なんだ。しかも、危険をおかして、自分でかせいだ労力の結晶だ」

「気持ちはわかりますよ」

「ここでおまえを殺しても、警察では捜査のしようがないだろう。第一、動機のつかみようがない。唯一(ゆいいつ)の証拠であるダイヤは、おれが持ち去るのだから。死体を切り裂いてある点から、変質者の凶行と考え、そのリストでも当るだろうが、あいにく、おれは変質者ではない。いままでの話でわかる通り、ごく健全な人間だ」

「つかまらない、というわけですね」

「ああ、つかまりっこないだろう。だが、悪く思うなよ。あの時、おまえの治療をほうり出して逃げていれば、おれは逃げられたかもしれない。また、面白くないと腹を立て、手ちがいと称せば、おまえを合法的に殺すこともできた。しかし、それをしなかったわけだ。おまえはダイヤの保管料として、七年だけ寿命がのびたことになる。まあ、この決算をみとめて、あきらめてくれ」

「破産的な決算報告ではありませんか」

「おまえが悪党ならば、分け前をやって、殺さずにすまし、手術で取り出してすませることも考えられる。だが、あいにく、善良な市民だ。おそらく秘密を、黙ったままにしておくことはできまい。なにかで口を滑らすにちがいない。そうなってから、改めて殺したのでは手おくれだ。手当てには、時期を失ってはいけない。医学の根本原理だ」

「善良な市民の不運、というところですね」

「悪党と善良な市民との間には、信用取引きが成立しないからな。おまえだって、おれを信じて手術をまかせはしないだろうし、おれだって、途中で気が変らないとは限らない。これからさき、いつしゃべられるかと、びくびくして一生をおくるより、安全な処置をほどこしたくもなるだろう。この点もわかってくれ……」

「ああ、ダイヤを入れたのが、あなただったとは。あのとき麻酔をされていて、なにも気がつかなかった」

「これで、おれの説明は終りだ。聞かないほうが、よかっただろう」

「そんなことはありません」

「覚悟をきめてくれて、ありがたい。ところで、この世の思い出に、なにかしたいことがあるか。酒を飲みたいとか、タバコを吸いたいとか……。ただし、電話と書き置きだけは、お断わりだ」

「そうでしょうね。……では、話でもさせて下さい。死ぬのは仕方ないとして」

「ずいぶん、おだやかだな。もっと、泣き叫ばれることを覚悟していたが。しかし、しばらくなら、話し相手になってやろう。どんな話だ。おれに話したところで、どうということもないだろうが、それで気がすむのなら」

「あなたを驚かせる話です。驚かされっぱなしで死ぬのは、つまりませんから。……いや、やはり話さないほうが、もっと驚くでしょうから、やめておきましょう。引金をひいて下さい」

「ひいてもいい。だが、なんとなく、気になる話だ。さあ、話せ」

「話しても、話さなくても殺されるんでしょう。それに、わたしとしては、話さないほうが、笑いながら死ねます。にっこり笑って死ぬ、という形容が、現実に起りうるとは知らなかった。いま助かっても、どうせ遠からず死ぬことになるんですから、この死にかたを選びましょう」

「いったい、なんだ。不治の病気にでもかかっているのか」

「不治の病気といえば、そのたぐいに入るでしょうね。しかし、まあ、なんでもいいじゃありませんか。いずれわかることです」

「どうも気になるな。すこしだけ話さないか。だからといって、助けてやるわけではないが」

「いや。やはり、やめて、おきましょう」

「変なやつだな。どうだ。ほんの少しだけ話せば、おまえの葬式に花輪と香典を送ってやる。もちろん、匿名(とくめい)だが」

「その約束も変でしょう。善良な市民と悪党の間には、信用取引きができない、とおっしゃったばかりでしょう」

「どうしたらいい」

「前払いにして下さい。いま、いただきましょう」

「とんでもない。ダイヤを売れば別だが、現金はほとんど持っていない」

「持っているだけで、がまんしましょう」

「いいだろう。さあ、これだけだ」

「では、ちょうだいします」

「机の引出しに入れて、鍵(かぎ)をかけたな、どういうつもりだ」

「この鍵を飲みこんで……。いや、それではすぐ、あなたに取り戻されてしまう。窓から投げ捨ててしまいましょう」

「本当に捨ててしまったな。……しかし、そんなことをしても、どうにもならないぞ。おれは手袋をしているから、しまった現金に指紋はついていない。なんのまねだ」

「じつはわたしには、借金があります」

「なんだ。そんなことか。死ぬのなら、ふみ倒してしまえばいいだろう」

「そこが悪党にはわからない、善良な市民の心理ですよ。いくらかでも返済しておきたいわけです。しかも、もとはといえば、あなたのおかげでできた借金です。いくらか、気持ちが落ち着きました」

「おれは少しも落ち着かない。おれのための借金とは、なんのことだ」

「賭けに負けたのです。賭けというやつは、不治の病気ですね。かかったが最後、身動きできなくなるまで、やめられない。そして、やめる気になった時は、すでにおそい。死にでもして、債権者にあやまるほかは、なくなっているわけです。夜逃げすればいい、というのは悪党の理屈で、わたしにはとてもできません」

「そうかもしれない。だが、なんでおれのせいなのだ」

「なんでもいいでしょう。香典分はお話ししました。あとは自分で考えて下さい。いずれわかることです。さあ、引金をひいて下さい」

「いいかげんにしろ。おとなしく聞いていれば、いい気になる。引金はひかない。べつな方法で殺す。まず、おまえをしばり、さるぐつわで声のでないようにする。それから、最も苦しい方法で殺すことにする。医者をやっていたから、その方面の知識はある。途中で、早く殺してくれ、と頼んでもだめだ。最も苦しい死にかたというのを知らないだろう。もうすぐわかることだ」

「ああ、それはひどい。悪党というものは、常識はずれのことを考えつき、やりかねない人間だな……」

「では、話せ。最も楽な死に方で殺してやる。約束は守る」

「つまらない約束ですが、どっちかといえば、そのほうがまだしもいい。……五年ほど前に、わたしのしりにはれものができました。それを押したら、なにが出てきたと思います」

「ウミだろう」

「それも出ましたが、ダイヤがいっしょにでてきましたよ」

「なんだと……」

「あなたが驚くのも無理もありませんが、その時のわたしの驚きのほうが、はるかに大きい。なにしろ、まったく身におぼえのないダイヤがわき出してきたのですから」

「なんだと」

「金の卵をうむアヒルの童話は知っていますが、まさか、自分自身がそれになったとは。うれしいどころか、一種の恐怖ですよ」

「ああ。おそかったか。やはり、あの時の手術は、あわてていて不完全だったのか。体内を移動してそうなったのだろう」

「そうと知っていれば、あわてはしなかったでしょう。しかし、わたしはなにも知りません。拾得物として警察へ届けようかとも考えましたが、やめました。しりからわきでた、では信用されません。それどころか、犯罪に関係があるとされ、永久に注意人物とされてしまいます。また、必死に主張しつづけたら、精神病院に送られるか、それに近いことになるでしょう。いずれも、善良な市民として、最も避けたい事態ではありませんか」

「ああ。なんということだ」

「そこで、知りあいの女の子に売ってしまいました。伯父の形見にもらった品だ、と言って。言い値でした」

「ああ。もったいない」

「しかし、善良な男が、持ちつけない大金を持つと、ろくなことはありません。じっと持っていると落ち着かないし、といって、ふやしかたを知らない。派手に使うとあやしまれるし、美術品を収集するには、教養の下地がありません。唯一の使い道は、競馬、競輪のたぐいです」

「賭けごとは金を捨てるようなものだ」

「あれよあれよ、というまに消えてしまいました」

「ああ。聞いていて涙が出る。おれがあれだけ無理してかせぎ、五年も刑務所で頑張り、夢に見ていた金だ。おれだったら、そんな使いかたはしない」

「あなたならそうでしょうが、わたしにとっては、ぬれ手にアワの金ですよ。いい気になって使い、残ったものは、賭けごとの味をしめた自分だけ」

「それからどうした」

「ひとから借金をし、賭けごとを続けました。そして、つぎに残ったものは、借金そのものです。これというのも、あなたのせいだ」

「おれに文句を言うな。使っただけ得をしたわけだろう」

「ダイヤさえなければ、こんなことにならなかったことは確かです。借金に囲まれ、といって、強盗もできない。善良な市民の悲しいところです」

「それで死ぬ気になったのか」

「まだ、死ぬ気にはなりませんでした。一つの希望が残っていて、それを試みつづけていたわけです」

「なんだ、それは」

「しりにできものを作ることです。傷をつけ、不潔にし、なんとか、できものを作ろうとしていました。ダイヤさえ、またわき出してくれれば、すべて解決ですから……」

「知識のないやつは、とんでもないことを考え出すものだ」

「しかし、あなたのお話で、その夢は消えました。人生に残された、唯一の希望を失ったら、ほかにすることがありません」

「ああ。なにもかも、手のつけようがない。……しかし、本当なのか。いまの話は」

「だから、話したくなかったのですよ。あなたが夢中になって、わたしの死体を解剖する。さがせど、さがせど、ダイヤは出てこない。立ち去るに立ち去れず、といって、いつまでもいるわけにもいかない。頭のすみでは、わたしの最期のなぞを気にしながら……。帰りかねて、つかまるかもしれない。つかまらずに、引きあげるかもしれない。だが、逃げおおせたところで、死体とダイヤの行方を気にしながら、一生をすごさなければならない。にっこり笑って、いや、にやにや笑って死ぬ値うちはあったでしょう」

「意地の悪いやつだな。だが、信じられない話だ」

「信用できないのでしたら、引金をひいて、ゆっくり調べてごらんになったらいいでしょう。その権利はあなたにあります。もっとも、苦しい死にかたのほうを拒否する権利は、わたしのほうにありますが」

「うむ」

「人生の夢を失い、生きていてもつまりません。……このお話をしたら、あなたはかっとなって、殺すと思っていましたよ。保険のことはよく知りませんが、自殺ではもらえなくて、殺されると倍額とかいう話を聞いたような気もします。それなら、殺されたほうが、金を貸してくれた人へ、少しでも迷惑をへらすことができる」

「まったく、おまえの顔を見ていると、しゃくにさわってくる」

「では、ちょっと引金をひいて下さい」

「しかし、本当にそうなら、殺す意味がない。あきらめよう。これ以上、罪を重ねてもしようがない」

「帰るのですか」

「ああ」

「わたしを殺して帰ったらどうです。いくじなし」

「その手には乗らん。おれが、かっとなって殺すような男なら、これほど綿密な計画と行動をしはしない。おまえを殺すくらいなら、毛虫でも殺したほうが、まだましだ」

「最初の勢いはどうした」

「ダイヤがないのに、殺人だけできるものか。こんど刑務所に入ったら、なんの希望もない」

「わたしをどうしてくれる」

「勝手にしろ。そんなに死にたければ、この拳銃をやる。自分で引金をひけ。だが、おれが帰ってからにしてくれ」

「使い方を教えていってくれ」

「安全装置は外してある。引金をひくだけでいい」

「こうか……」

「危い。おれの方にむけるな。自分にむけろ」

「いや。あなたをねらっているわけですよ」

「どうしたんだ。おれを警察へつき出すつもりか。それも意味がないぞ。麻薬に関する罪は、刑務所に五年いて、片づいている」

「そんな、のんきなことではありません」

「おい、おれを殺す気か。なるほど、おれのために賭けごとの味を覚え、身動きならなくしてしまったことは悪かった。あやまる。だが、おれの金はさっき渡したので終りだし、いまさら仕返ししてみても、どうしようもあるまい」

「仕返しではない。お礼ですよ」

「なんのお礼だ」

「いいことを教えていただいたお礼です。まさか、わたしの盲腸にそんな物が入っているとは、夢にも思わなかった。このままだったら、一生、貧乏ぐらしで死ぬかもしれないところでしたよ」

「さては、でたらめだったのか」

「なんです。自分で、おまえには想像力があると、ひとをおだてていたくせに。あなたのおっしゃった通り、未来は財産ができそうです」

「ちくしょう」

「この件について、あなたはだれにも話していないようです。ちょうどいい。いずれ信用のある病院に行き、患者の秘密を口外しない医者にたのんで、取り出してもらうことにしましょう。口実はなんとでもつきます。あなたとちがって善良な市民ですから、信用してもらえるでしょう」

「おれにも、いくらかよこせ」

は、信用取引きができません。しゃべられたら困りますからね。警察に投書でもされてごらんなさい。つまり、あなたにゆすられるか、警察に没収されるかどっちかです」

「とんでもない。あなたが悪党でなければ別ですが、悪党と善良な市民とのあいだでは、信用取引きができません。しゃべられたら困りますからね。警察に投書でもされてごらんなさい。つまり、あなたにゆすられるか、警察に没収されるかどっちかです」

「ああ……」

「悲しむことはありません。ご希望にそって、有効に使いましょう。もちろん、賭けごとなんかには使いませんよ」

「おれを本当に殺すのか」

「当り前ではありませんか。ほかに方法がないではありませんか」

「まて。おれを殺したら、殺人だぞ。しかも、自分の部屋だ。死体をかくしようがない」

「わかっていますよ。しかし、殺人ではありません。正当防衛です。いいですか。あなたのレッテルは悪党だし、わたしのレッテルは善良な市民ですよ。夜中に押入ってきた男をつかまえ、拳銃を取りあげようと、もみあっているうちに……」

「たのむ。あんまりだ。助けてくれ……」

銃声。

不景気

「これでよし。やっと完成した」

まだ若いが優秀な科学者であるエス博士は、顕微鏡から目を離して、喜びの声をはりあげた。それから、そばのアルコール・ランプの炎をタバコに移し、ため息とともに、満足そうに煙を吐いた。

ここはある研究所の一室。あたりには各種の薬品のまざりあった、実験室特有のにおいがただよっている。また、試験管をはじめとする、いろいろな形のガラス器具、文献、メモのたぐいが雑然と散らばっていた。

室の片すみの机にむかい、帳簿を整理していた事務員の男は、顔をあげて博士に応じた。

「おめでとうございます。さぞ、お疲れになったことでしょう」

「ああ。しかし熱中していたから、それほど苦にもならなかった」

「それにしても、考えてみると、妙なテーマでしたね。売れない物、いや、ただでば

らまく物を作るために、これだけの研究所を作ったのですから。いままでかかった費用だって、ばかになりません。しかも、この不景気きわまる時代だというのに……」

事務員は、帳簿をぱらぱらとめくりながら、まばたきをした。しかし、エス博士は笑って、

「そんなことはどうでもいい。わたしの責任は、出資者たちから依頼された通りの物を、作り出すことにあった。そして、みごとに完成した。あとは契約によって、まとまった額の報酬をもらうだけだ」

「うらやましいことです。で、そんな大金を、なんにお使いになるつもりなのですか」

「まえにも話しただろうが、もちろん結婚のための費用だ。わたしはある一人の女性と、ずっと愛しあってきた。そして、しばらく前に婚約をした。これでやっと、夢にまで見た、豪華な結婚生活に入ることができる」

「博士はなかなか、ロマンチストなのですね」

「ああ、そんな点があるかもしれない。物ごとに熱中しやすい傾向があるからな……」

「なにはともあれ、さっそく、研究の完成を関係者に連絡いたしましょう」

事務員は電話をかけた。

まもなく、自動車のとまる音がし、年配の紳士、アール氏が訪れてきた。彼は経済界で重要な地位にあり、この研究所の出資者たちの代表でもあった。

「連絡を受けて、急いでやってきた。いよいよ完成したとか……」

と、アール氏は息をはずませて言い、エス博士は軽く頭をさげて答えた。

「はい。なんとかこぎつけました」

「それはよかった。出資者たちからは、まだかまだかと催促され、きみをみこんで研究をまかせたわしとしては、あいだに立って困っていたところだった。なにしろ、相当な資金をつぎこんでしまったからな」

「わたしもそれをお察しし、完成を急いだわけでございます」

「では、早くその成果を見せてくれ」

「よろしゅうございます。どうぞこちらへ……」

と、博士はアール氏を研究所の中庭に案内した。そこには、美しい花でみちた温室がいくつかあった。アール氏は少し顔をしかめながら、

「花がどうしたというのだ」

「いいえ、問題は花ではございません。ミツバチのほうです。この温室のハチは、ミツ

をこれだけ作ります。しかし、もう一つの温室のなかのハチはこれだけの量のミツです」

エス博士は一方が他方の、二倍のミツを生産していることを示した。

「なるほど、ほぼ倍になっているな」

「倍のミツを作るハチは、わたしが発見した細菌を感染させてあるのです。……では、つぎにこれをごらん願います」

博士は、こんどはハツカネズミの箱の置いてある場所に、アール氏を導いた。ネズミは輪のなかを走り、その輪を回転させていた。

「このネズミはなにをしているのだね」

「一方のネズミには、いまの菌を感染させてあるわけです。走る速さが、やはり倍になっております」

アール氏はそのことを認めはしたが、さらに顔をしかめながら言った。

「きみが発見し、改良したという細菌の効果については、よくわかった。だが、これがなんの役に立つのだ。合成によるハチミツの生産は、まもなく軌道に乗る時代だし、動物の動きを早めたところで、機械に及ぶわけでもない。きみは研究の目的を、なにか誤解していたのとはちがうかね」

「そう簡単に、結論をお考えになっては困ります。わたしは科学者として、順序を追ってご報告しているのです」

「その途中の順序とやらを、なるべく簡単にすませてくれ」

「昆虫や動物ですと、いまのような結果になります。しかし、人間にはべつな効果をあらわします。例の細菌を、人間にむくように変異させるためには、じつに苦心いたしました。あらゆる薬品、放射線……」

「その苦心談も飛ばしてくれ。苦心に対しては約束した報酬、さらにボーナスを払うことでいいだろう。早くそれを見せてくれ」

「では……」

と、エス博士は研究所内の小さな試写室に、アール氏を案内した。そして、

「ある子供に、例の細菌を感染させました。もちろん、肉体的には無害であることを確認した上でです。その行動を撮影した映画です。反応をよくごらん下さい」

やがて試写室は暗くなり、スクリーンの上に映写がはじまった。

……両親に連れられて、デパートに入って行く男の子。カメラはその動きを追いつづけた。その少年はオモチャ売場で足をとめ、叫び声をあげた。

「あの電気機関車を買ってよ」

「このあいだ、同じのを買ったではありませんか」

両親はなっとくさせようと言いきかせたが、少年はあくまで、だだをこねつづけた。

「いやだ、もう一つ、どうしても欲しいんだ」

と強硬に主張し、ついに買ってもらうことに成功した……。

エス博士はここで、一時フィルムをとめ、アール氏に説明した。

「下等動物の場合は、単に動作となってあらわれるだけですが、人間の場合は精神的な面に効果がおよびます」

博士はふたたび映写機を動かし、画面は進行しはじめた。

……少年たちの一行は、オモチャ売場から食堂に移り、少年はアイスクリームを食べた。だが、食べ終ると「もう一杯、食べるんだ」と、だだをこねはじめ、両親はそれを押えることができず、またも子供の要求をいれた……。

エス博士はまた映写を中断し、暗いなかで、いささかとくいげな口調で言った。

「ごらんのように、人間の場合には、欲しいという気持ちを、いままでの倍に高めるのです。ほかに副作用のないことは、いうまでもありません。いかがでしょう」

アール氏はしばらく、黙ったままだったがやがて感嘆の叫び声をあげた。

「よくやってくれた。これこそ、われわれの望んでいたことだ。購買欲を倍にする、なんとすばらしいことだろう」

「そうおっしゃっていただけて、わたしも研究のやりがいがありました」

「なにしろ、世界が完全に平和になり、どこにも戦争がなくなってからというものは、しだいに不景気になる一方だった。生産があがっても、大衆の消費がともなわなければ、どうしようもない」

「それはそうでしょう。購買欲にも限度があります。わたしだって、同じ本を二冊は買う気になれませんからね」

「それを買ってもらわなければ困るのだ。すぐに捨ててもいいから、なにがなんでも、一応は買ってもらわなければならない。そのためにこそ、テレビをはじめ、ありとあらゆる形の宣伝が行われている。だが、その限度をつき破ることは容易でなかった。きみのこの発明によって大衆の購買欲に刺激を与えることができれば、産業界は一挙に活気をとりもどすことになる」

アール氏はうれしそうだったが、エス博士は気がかりな声で言った。

「自分の研究ながら、どうもむだを助長するような気がします。これを世にばらまくのがいいのかと、心配です」

「気にすることはない。むだこそ文明の本質だよ。ピラミッド以来、浪費でないものは一つもない。酒、タバコ、コーヒー、香水、アクセサリー、流行の品から芸術に至るまで、すべてむだと呼ぶことができる。考えようによっては、長生きなども最大のむだかもしれないぞ」

「はあ」

「しかし、このむだの程度が大きいほど、文明が高いといって人類が喜ぶのだから、それに逆らってはいけない。きみの作り出したこの細菌によって、一段とむだがひどくなれば、世の中は明るくなり、文明が進んだといって、だれもが喜ぶ。つまり、正しいことだ」

「わたしは科学にはくわしいのですが、文明や経済についてはよくわかりません。……では、フィルムを先に進めましょうか」

「あとは、どんなシーンが残っているのだ」

「いまの少年に治療薬を与え、欲しいという気持ちが消え、もとにもどる場面です」

というエス博士の説明で、アール氏は困ったような声になった。

「治療薬などを作ってしまったのか」

「いけませんでしたか」

「それは困る。購買欲を押えることは、文明の進歩にブレーキをかけることだ。つまり、時代への逆行ということになるではないか」

「その場合の用意も、一応は作ってございます」

博士とアール氏は試写室を出て、実験室にもどった。博士は金庫の鍵をあけ、なかにあるいくつかの容器のうち、一つをとり出した。

「なんだね、それは」

アール氏は聞いた。

「例の細菌の強力なものです。まず薄めた治療薬のなかで培養し、生き残ったものを、少しずつ濃度の高い液に移したものです。これでしたら、治療薬をうけつけません。しかし、それもどうかと思って、すぐに殺菌できるよう、ここに保管しておいたものです」

エス博士は注意しながら、その容器をもどそうとした。だが、アール氏はあわててとめた。

「まってくれ。それを渡してくれ。人体に害がなく、文明の繁栄がそれだけ長びくのだから、価値が高いわけではないか。約束の報酬のほかに、ボーナスをはずむから……」

アール氏はこう言いながら、金庫のなかをのぞきこんだ。そして、さらに厳重に封をした、もう一つの容器を見つけた。

「あの容器のなかはなんだね」

「あれですか。あれはその菌の伝染力をさらに強めたものです。あれをばらまいたら、たちまちのうちに世界中にひろまってしまいましょう」

それを聞いて、アール氏は思わずからだを乗りだした。

「それだ。それこそ、世界に一瞬のうちに活気をあたえる薬だ。ぜひ、それを渡してくれ。ボーナスについては、きみの要求どおり払うことを約束する」

「そうですねえ。金額については、しばらく考えさせて下さい……」

エス博士は即答をしぶったが、アール氏は小切手帳を出して、うながした。

「いまきめてしまおう。わしはその細菌をすぐに使いたいのだ。それに、きみにも感染してからだと、金額が倍になってしまうおそれがある」

「では……」

と、エス博士は考えながら、数字を言った。天文学的な数字ではなかったが、それでも相当な金額だった。彼は、一生ぜいたくな生活ができる額を頭のなかで算出し、それを念のために倍にして答えたのだった。

しかしアール氏はその金額をすぐ書きこみ、博士に渡した。

「さあ、受け取ってくれたまえ。わしの小切手だから、どこの銀行でもすぐ現金になる」

「では、容器をお渡しします。わたしも学者です。ご説明した通りの菌にまちがいはありません」

二人はめでたく取引きを終えた。アール氏は容器を抱え、

「厚くお礼を言う。ごくろうだった。まもなく世界は、すばらしい活気にあふれたものになるだろう……」

と言いながら、踊るような足どりで帰っていった。

エス博士はつぎの一日を、研究所のあとしまつに費した。そして夕方、彼も踊るような足どりで、婚約者の家へとむかった。

これですべての夢が実現する。結婚はでき、豊かな生活がはじまるのだ。あるいは、菌の作用のため、「別荘がもう一軒欲しいわ」などと彼女が言い出すかもしれない。しかし、その資金の用意はあるのだ。

エス博士は彼女に会うやいなや、手を握り、勢いこんで言った。

「研究は完成し、すべてはうまくいった。きみとも、すばらしい結婚生活に入れるぞ」

「よかったわね。うれしいわ」

彼女も喜びの声をあげた。しかし、エス博士はその時、にぎっている彼女の手の指に妙なものを感じて、聞いてみた。

「どうしたんだい、その指輪は。一つはぼくの贈った婚約指輪だが、もう一つは……」

「これも婚約指輪よ」

「なんだって」

「あたしはあなたを愛しているし、婚約を取り消すつもりはないわ。でも、なぜだかわからないけれど、あなた一人に満足できないような気分になってきて、さっき婚約を申しこんできた人とも、婚約をしてしまったの」

エス博士はしばらく黙っていたが、やがてうなずきながら言った。

「その気持ちは、ぼくにも少しずつわかりかけてきたようだ。ぼくもきみ一人では満足できそうもない。……たしかに、これからの世界は、かなり活気あふれたものになりそうだぞ……」

リンゴ

さわいでいたお客たちが潮のひくようにかえってしまい、しばらくしてまた、べつなお客たちがどやどやとはいってくるまでの空虚な時間というものは、どんなバーにも毎晩かならず一回はある。マスターと女の子二人だけの、この小さな「エル」というバーにも、その時間が訪れた。マスターはグラスをぬぐい、女の子たちは化粧をなおしはじめた。

その時、ドアが開き、一人の客がはいってきた。

「あら、いらっしゃいませ。お久しぶりねえ」

その四十歳ぐらいの客は椅子(いす)にかけた。そして、

「なんになさいますか」

と聞くマスターに、答えた。

「いつものウイスキー。ああ、その前にそのリンゴをひとつ取ってくれ」

「おむきしましょうか」

「いや、そのままでいい」

客は赤くつやのあるリンゴを受け取り、それにかみついた。小さくさわやかな音がした。彼はそれをかみながら、なにか考えているように見えたが、解決を得られぬらしく、両わきにすわった女の子に話しかけた。

「おい、なにかおかしくはないか」

彼女たちは突然の質問に、ちょっととまどって目を見開いたが、若い方の一人は、笑い声をあげながら答えた。

「おかしいわ」

「なにがおかしいんだい」

客は注がれたウイスキーに伸ばしかけた手をひっこめ、驚いたようにむきなおった。

「子供みたいよ。リンゴを丸のままでかじるなんて」

「なんだ、そんなことか」

「そうよ。だけど、いったいなにを気にしているの。心配そうな顔をして」

こんどは女の子たちが聞くほうにまわった。

「じつは、このところ十日ばかり毎晩のように、リンゴをかじる夢を見つづけているんだ。しかも真っ赤なリンゴをね」

「あら、夢に色があるのかしら」

「あるわよ。あたしも時々緑色の夢を見るもの」

女の子たちがいい争いをはじめて脱線しかかった話を、いままで黙って聞いていたマスターが口を出してもとにもどした。

「同じ夢を見つづけることは、よくありますよ。べつにそれほど気にすることは、ないじゃありませんか」

客はそれに答える前にタバコをくわえ、マスターはそれにむけてライターの炎をさし出した。

「ところが、あるんだ。その夢というのは、リンゴの盛られた大きな皿からそのひとつを手に取り、かみつくだけのことなんだが……」

「それで」

「はじめのうちは妙な夢ぐらいにしか思わなかったが、そのうちあることに気がついた。皿の上のリンゴの数がへってゆくじゃないか」

「変な夢ねえ」

「こういうのは理屈にあってるっていうのかしら」

女の子たちは感想のようなあいづちを打ち、客は話をつづけた。

「それが五つにへり、そのつぎの晩には四つにへった」

「きのうの晩の夢ではリンゴはいくつだったですか」

と、マスターは当然だれでも思いつく質問をした。

「最後に残ったひとつをかじったわけだ。いったい、今晩はどんな夢を見るのだろうか」

「もう夢は見ないのよ」

「こんどはコーヒーでもでるんじゃないかしら」

女の子たちはこの妙な話を打ち切りにしたいようすだったが、客にはどうも気になることだった。

「リンゴのかじりおさめ、という意味なんだろうか」

「そんなことはないでしょう。あしたの晩おいでになっても、ちゃんと用意しておきますよ。まさかいっせいに品切れになることもないでしょうし、リンゴを食べてはいけない病気というのも、聞いたことがありませんよ」

マスターはこういいながらグラスに二杯目のウイスキーをつぎ、客にむかって微妙に笑いかけながら、

「酒が飲めればいいじゃありませんか。ところで、フロイドとかいう学者は、夢は性

欲と関係がある、なんていったそうですが、なにか身におぼえがあるんじゃありませんか」

と言った。それは客にプレイボーイであることを思い出させ、気をひきたてようとする客あしらいのうまさを示していた。

客はマスターの意図にのせられ、いままでの女性関係を思い出すことに考えを移した。

この客は四十になる今まで、まだ独身だった。だが、それは生活力がないからではなく、女性を手に入れる能力がありすぎるための独身だった。そして、彼がいままで関係を持った女性の多くには夫があった。

「いいかげんに身を固めないから、そんな夢を見るのよ」

と女の子がいうのに対して、彼は笑いながら、

「ワイフをもらうのもいいけど、浮気をされるのが心配でね」

と答え、女の子たちは、

「あら、そんな勝手な話はないわ」

とさわいだ。話題は明るくなり、客の酔いはここちよくまわりはじめた。何杯かのウイスキーがあけられた。

「あら、もうお帰り」

「ああ、今夜は夢なしでぐっすり眠れそうだ」

「あしたからは、こんどは青い果実でもかじりはじめるんじゃなくって」

女の子たちはドアから出る客にむけて、明るい声をなげかけた。客のいなくなった静かさをおぎなうように、マスターはラジオの音を大きくした。音楽の響きがやわらかく店じゅうにみちた。

「でも、妙な話だったわね」

「きっと冗談なんでしょ。あの人は人の注意を集めるのがうまいんだから」

マスターはノートに今の勘定を書きとめ、タバコに火をつけていた。

「あら、なにか外で音がしなかった」

「よっぱらいがどなったんじゃなくって」

だが、ラジオの音が小さくされると、物のぶつかりあうような音がした。つづいてうめき声。

「きっと、けんかよ。見にいこうかしら」

という女の子を、マスターは、

「まきぞえにされると危いから、出ない方がいい」

と、たしなめた。ちょっとした恐怖がただよった。

その時。勢いよくドアをあけて飛び込んできた者があった。だれもが息をのんだが、その見知らぬ男は、

「ちょっと電話を」

と、いいながら、返事も待たずに電話機にとびつきダイヤルを回した。一一九。マスターはラジオの音をとめた。

「救急車を願います。けが人がでました。場所は……」

電話をかけ終った男に、女の子が聞いた。

「どうしたんですか」

「そこでなぐられた人があったんです。たいへんなけがなんで、救急車を呼んだ方がいいと思って」

「あたし、見てくるわ」

若い女の子は、とうとうがまんしきれなくなって、ドアからかけ出していった。つづいて出て行こうとする男に、マスターは聞いた。

「けがした人はどんな服装でしたか」

その説明を聞きながら、マスターと残った女の子は顔を見合わせた。

「では、いま帰っていった……」

機械の悲鳴のようなサイレンの音が近づき、消えた。救急車が到着したらしかった。電話をかけにきた男は、気になるとみえて出ていった。

「そうだったら、いってみなくていいかしら」

「店をあけていってみるわけにもいかないし、あの子が戻って来ればようすがわかるよ」

「そうね」

ふたたびサイレンの音がおこり、ゆっくりと遠ざかっていった。しばらくたって、出ていった女の子が戻ってきた。

「どうだった。けがしたのはAさんなんですって……」

「そうなの。たいへんなけがよ。血をいっぱい流してたわ」

「どうしてそんなことになったの」

「なぐられたのよ。なぐった男はすぐ警官につかまったけど、Aさんがその人の奥さんに手を出したんで、十日もつけねらって仕返ししたっていってたわ」

「Aさんもそんなことをするからよ。それでけがはどうだったの」

「たいへんな血よ。石ころをにぎって力一杯なぐったんですって」

「まあ、どこを」

「それがあごなのよ。歯はかけたし、骨も砕けたらしいわ。ひとの話では、なおっても固いものがかめなくなりそうだって」

女の子はここで不意に言葉を切った。そして、だれもがいっせいに同じことを考えた。

「リンゴがかじれなくなるわけか……」

と、マスターがそれを口に出しかけた時、ドアがあいて三人づれのお客がはいってきた。ラジオの音は大きくされ、バーはふたたび、にぎやかさをとり戻しはじめた。

解　決

事務所の窓からぼんやりと外を眺めていると、最新型の大型車がとまり、二人のおりるのが見えた。若い男女で身なりもよく、顔つきも育ちのよさを示していた。そして、二人は私の事務所のほうに歩いてくるではないか。

「しめた。お客だぞ。しばらくぶりで、金持ちの客がやってきたぞ」

私はこう叫びながら、ちらかった机の上を手ばやく整理して待った。やがて、ドアにノックの音が響いた。

「どうぞ。おはいり下さい」

勢いよくドアをあけ、活発な身ぶりで先に入ってきたのは女のほうだった。私は彼女を一目見て、その魅力にくらくらとなり、思わず椅子(いす)から腰を浮かせた。

一口に言えば大型で、いわゆるグラマーだが、スポーツを趣味としているのだろうか、からだのなかにはエネルギーが満ちあふれている感じだった。

同時に、私のからだのなかにも、なんとかしてこの女を手に入れたいというエネル

ギーがわきおこった。だが、それは少しばかり無理なようだった。彼女の指には結婚指輪がはまっており、あとから入ってきた男のほうの指にも、同じデザインのそれがはまっていたのだ。

このやろう。面白くないぞ。こう思いながら、男のほうをよく観察した。だが、彼も標準以下の男性ではなかった。むしろ、美男子と呼べる男まえで、身のこなしには優雅なムードがともなっていた。

「いらっしゃいませ。ところで、どんなご用件でございましょうか」

という私の問に、彼女が答えた。

「あら、こちらは人生問題の解決事務所なのでしょう」

「ええ。そうです」

「しかも、ふつうの相談所のような、ただのお座なりの回答をするのではなく、ちゃんと解決をして下さると聞いてうかがったのですわ」

「おっしゃる通りです。では、まず問題がどこにあるのかをお話し願いましょう」

と、私はもっともらしい口調でうながした。

「じつは、あたしたちは結婚しておりますの」

「それで……」

「だけど、どうもしっくり行かないのです。もちろん、おたがいに努力はしてきました。でも、二人のあいだのずれは、どうにもならないのです。そして、いまでは家庭生活が、冬の荒地のようにさびしいものになってしまいました」

「そこのところを、もう少しくわしく」

「あたしは少し活動的ですし、夫のほうはその反対なのです」

それにつづけて、男のほうがやさしい口調で言った。

「ぼくはべつに浮気しようなどとは少しも考えないのですが、外出すると、なぜか女の子が寄ってくるのです。ぼくはその気持ちを押えようとするのですが、どうしても手を出してしまいます」

「それはそうでしょうな。男ならだれでも、女の子が寄ってきた時、目をつぶってあと戻りするわけにもいかないでしょう」

「しかし、妻にはそれが不満のようです」

女はここで大声をあげた。

「当り前よ。亭主の浮気を見て喜ぶ女なんていないわよ」

私は二、三回うなずいて見せ、試みにこう言ってみた。

「なるほど。問題点は簡単ですが、しかし解決は容易ではありませんな。どうです。

なにも無理に結婚生活をつづける必要もないではありませんか。自由の時代です。いっそ、ひと思いに離婚なさっては」

二人が離婚してくれれば、彼女が私のものになるチャンスもできる。彼女も私とならうまくゆくはずなのだ。

だが、二人は首を振り、彼女はその理由をこう説明した。

「そうはいかないのですわ。あたしたちの父はそれぞれ実業家で、あたしたちは事業の都合上、いやおうなしに結婚させられました。両家は大喜びで、なにもかも順調ですの。そして、あたしたちは会社をひとつ任されました」

男がそれを補足して言った。

「ええ。だから、離婚などしたら大さわぎです。二人とも勘当され、哀れな生活に落ちてしまいます。そのうえ、会社の社員たちを路頭に迷わしてしまいます」

「なるほど、むずかしい状態ですな」

と、首をかしげる私に、彼女は身をのり出した。

「だからこそ、こちらに解決をお願いに来たのですわ。夫の浮気をやめさせ、あたしといっしょに会社の仕事に熱中させるようにできないかしら。費用はいくらでも出しますから、ぜひなんとかして下さらない」

「そうですな。これはじつにむずかしい」
と私はゆっくりつぶやき、さらにもっともらしく見せるため、大きく腕を組んだ。しかし、腕を組まなくても、私にはその原因がさっきからわかっていた。しかし、こうした意味ありげな質問と動作をくりかえさないと、相手にたよりなく思われ、ありがたがられず、したがって、金も取りにくいというわけだ。

だれでも知っていることだろうが、人びとにはそれぞれ昔の人の霊がついている。世の中のごたごたの大部分は、これを無視して強行しようとするところからきているのだ。たとえば、この若い夫妻のように。

私にはしばらく前から、これらを見る能力が身についている。人びとの頭の上に乗っている昔の人の姿が見えるのである。

良心的に考えれば、世のため人のために無料で忠告や助言をすべきなのだろうが、この物価高、税金高の時代では、この能力をむだに使うわけにいかない。

そこで、この人生問題解決事務所を開設したのだ。

「いかがでしょう。うまくゆくのでしたら、お礼のほうはいくらでも出しますわ。離婚さえしなければ、父にねだれば、いくらでももらえますから」

と彼女の口調は熱をおびた。

その頭の上には、彼女にとりついている霊がありありと見えている。それはりりしく武装した女武将の巴御前。

夫はそれにつづけて、スマートな手つきでタバコに火をつけながら言った。

「ええ、ぼくだってなにも浮気をしたいわけではありません。性格があらたまり、仕事に熱中できるようになるのなら、それに越したことはありません。うまくいったら、ぼくも父にたのんでお礼のお金を出させます」

彼の上にいる霊は、上等な和服を着たやさ男だ。西鶴の好色一代男のモデルとなった世之介である。

このとりあわせでうまくゆくはずがないことは、常識でもわかることだろう。

「よろしい。なんとかしてあげましょう。きっと満足なさる解決をしてあげます。しかし、これはなかなか難問題ですから、よほどお礼を出していただかなくてはなりませんな」

「えっ。みこみがあるのですか。もちろん、お礼のほうはお望みの額をさしあげますとも」

二人は声をそろえて言い、うれしそうな表情を浮かべた。そして、私の要求した多額の報酬を約束してくれた。

「ではしばらくお待ち下さい」

と言い、私は立ちあがってとなりにある小さな別室に入った。

それから私は自分についている霊に、ことをわけてたのんでみた。

「ねえ、きみ。こういうわけなんだ。あの男についている世之介のやつと代ってくれないかね。そうすれば万事が丸くおさまるのだが」

「いいですとも。わたしたち霊は、だれかについていればいいのです。実はわたしもあなたにつききっきりで、このところ少し飽きてきました。すぐに移ってあげましょう」

と私についている霊、木曾（きそ）義仲（よしなか）は快く承知してくれた。義仲は巴御前の亭主なのだ。

「ありがたい。きみにとっても、そのほうがいいだろうよ」

話がまとまり、私は二人の待っている部屋にもどり、話しかけた。

「もう大丈夫です。これでなにもかもうまくゆくでしょう」

二人はふしぎそうに顔を見あわせたが、その表情からは、さっきまでのちぐはぐなものが消え、一致した喜びがひろがっていた。

「すてきだわ。きょうまでのあなたと別人のようよ。男性的で、たのもしさがみなぎってきたわ」

彼女の言葉に、男も力強く肩を抱きながら答えた。

「ぼくもなぜだかわからないが、からだに力がこもってきた。ポパイがホウレン草を食べた時は、こんな気持ちになるのだろうな。さあ、これからは二人で力をあわせて事業をもりたてよう」

立ち去りかける二人に私は念を押した。

「それはけっこうでしたね。だけど、報酬のほうをお忘れにならないように」

「わかってますとも」

なにもかもうまくおさまった。

私もしばらく事務所を閉じることにしよう。私の手には大金が入るのだし、世之介の霊もついていてくれる。とても仕事などしているわけにはいかない。

その夜

空では星々が静かに輝いていたが、地上には敵意を含んだ夜がみなぎっていた。憎悪は長い年月にわたって高まりつづけ、それは一刻も休むことがなかった。

その夜。絶頂に達した狂気だけが支配するなかを、電波は激しく飛びかい、それをさらに押し進めようとしていた。

〈わが偵察衛星からの報告によれば、敵国の軍隊の移動は、一段と速さを増しつつある〉

〈敵の原子力潜水艦隊は基地に見あたらない。出航したもようである〉

〈敵の暗号無電を解読したところによれば、敵の一斉攻撃は五時間後と考えられる。わが軍は、四時間後に全ミサイルを発射できるよう準備せよ。各基地はただちに戦闘態勢に入れ〉

指令はすべての基地に通達された。山奥の谷間にある、このミサイル基地の一つにも。サイレンは悪魔の笑い声のように鳴り響き、兵士たちに集合を命じた。足音は灰色の厚いコンクリートでできた地下道にこだまし、基地の司令官の声は、スピーカーを通ってうなり声と変った。

〈開戦の時が迫った。一時間以内に全ミサイルの噴射管の点検を終えよ。二時間以内に核弾頭の取りつけを行え。三時間以内に倉庫と発射台との自動装置を完了し、攻撃命令を待て〉

兵士たちは興奮と喜びで顔をゆがめ、いそがしげに行動を開始した。鉛の扉がきしんだ音をたてて開き、強力きわまる核弾頭が運び出され、ミサイルの先端に結合された。

「超水爆よ、たのむぜ。一台完了」

「よし、つぎ」

兵士たちの声に送られ、ミサイルはつぎつぎと地上に運ばれ、夜の冷気のなかに並んだ。星々の光を受け、銀色のミサイルは霜をまといながら、敵国の方角に角度をとった。作業は順調にはかどっていた。

「司令。この超水爆の威力はどれくらいですか」

「わからん。なぜなら、あまりに強力すぎて実験のしようがなかったからだ。一発で敵の大部分を焼きつくしてくれるだろう」

「途中で防がれるようなことは」

「心配するな。わが軍にはあらゆる型のミサイルがある。全部を防ぐことなどできるものではない。わが全基地から発射される、何万ものミサイルだ。少なくとも何千発は敵に届くだろう。おつりがくるほどさ」

兵士はつりこまれて笑ったが、さらに聞いた。

「敵は麻酔ガスを使うかもしれませんね」

「その対策もある。われわれ全員が倒れたあとは、自動装置がやってくれる。地下の最も深い貯蔵庫にあるミサイルは、最後の一台まで敵の頭上に発射されるのだ」

「それを聞いて安心しました。敵さえ全滅してくれれば、思い残すことはありません」

空気のなかの憎しみの濃度は、熱をおびていた。満足そうに歩きまわり、指揮をとっていた司令官は、ふと足をとめた。

「おい、そこの連中。なにをぼやぼやしている。いまは一分を争う非常事態だぞ」

変電装置のそばに腰を下し、なにかを話しあっていた三人の兵士は、司令のほうを見た。だが、その表情にはこの場にそぐわない、なごやかなものが満ちていた。兵士の一人は言った。

「司令。面白い本をみつけたのです。昼間、近くの山に外出した時、崩れかけた小屋のなかから拾ってきました。ごらんなさい。考えたこともないような文句が書いてあります。むかしはこんなことを言った人があったのですね。知りませんでした。もっと早く読みたかったと思います。みながこのような考えを持てば、争うことをしなくてもすむでしょうに。なんだか、やっていることが無意味に思えてきました」

司令は顔をしかめ、声を荒くした。

「どんなことが書いてある。早く読んでみろ」

「いと高き所には栄光、神にあれ。地には平和、主の喜びたまう人にあれ……」

「つまらん。その本はだいぶ前に禁止になった本だ。平和だとか愛だとかが、敵に対してなんの役にたつ。われわれのなかから追放すべき思想なのだ。その本は、見つけしだい焼くようにとの法律が出ている。よこせ」

司令はその本を汚い物にふれるような様子で床に捨てた。そして、腰の小型火炎銃の引金をひいた。本はたちまち灰となった。兵士たちは不服そうな声を出した。

「なぜいけないのです……」

「理由ははっきりしている。敵を憎むことがすべてに優先するからだ」

司令はこう言いながら火炎銃をもどし、べつな銃をとりだし、三人の兵士の顔をめがけて、つぎつぎと引金をひいた。銃口からは青白いガスが流れ出た。どんな命令にも服従させる生理作用を持ったガスが。

司令ははっきりした口調で命じた。

「いいか。あと三十分でミサイルの自動発射装置の点検を完了するのだ」

「はい」

「おくれるな」

「わかっています。われわれは敵を一人残さず、焼きつくさなければなりません」

三人の兵士の顔は、ほかの者と同じように殺気の微笑にみちた表情になった。

なにもかもが完全に整備された。ほんの一瞬だが、限りなく深い沈黙がすぎた。しかし、それはたちまち破れた。

「最高本部よりの命令。攻撃を開始せよ。ミサイルを発射せよ。全弾をうちつくすまで、攻撃をやめるな。敵を全滅させよ。敵のすべてを、一人残さず殺しつくせ」

暗い地平線のかなたで、目もくらむような光が輝いた。地平線のかなたばかりでなく、それをきっかけに遠く近く、ありとあらゆる武器が、いっせいにその性能を最高度に発揮しはじめた。超水爆はすべての場所でくまなく爆発した。

さらに深い地下でも、広い海の底でも、また高い空においても、爆発は限りない爆発を呼んだ。そして、すべての人が死に絶えたあとでも、憎悪はミサイルにこもって乱れ飛びつづけた。たちまちのうちに、荒れ狂った炎と、熱と、輝きだけがこの惑星の全部をおおいつくした。

遠く遠くはなれた地球から眺めると、それは夜空でふいに輝きをました一つの星であった。

砂漠のなかの町、ベツレヘムの貧しい小屋のなか。星の光は一筋の糸のようにそのなかにさしこみ、マリアという名の女性を照らし、みどりごの誕生をうながしているようであった。

初夢

賀春。こう印刷されている点においては、ほかの年賀状とあまり変りなかった。だが、ひときわ目立つ、美しいカラー写真の年賀状だった。上のほうにまっ赤な太陽が、下のほうには青々とした海が、そして、そのあいだには大型旅客機が銀色に輝いて、ゆうゆうと飛んでいるという図柄だった。

晴れわたった元日というものの、だれもたずねてこず、また、改まって年始まわりに出かけるほどの義理のあるつきあいもなく、まして、恵方まいりをするといった信仰もない私は、朝からぼんやりとして、こたつに入ったままだった。

おめでたい、けだるい音楽をテレビがさっきから流しつづけていたが、それに目をやる気もしない。そこで、何枚かの年賀状を一枚ずつ、ゆっくりとめくっていて、そのなかからこれを見つけ出したのだ。

「まったく豪華な年賀状だ。こんな飛行機に乗って外国に遊びに行けたら、どんなにか楽しいことだろう」

こうつぶやきながら、私は大きくあくびをした。どこからともなく、眠気が押しよせてきたようだ。いつもはうるさい自動車の音も、さすがにきょうはまばらで、珍らしい静かさがそうさせたのだろうか。私は足をこたつに入れたまま、たたみの上にあおむけに寝そべった。無意識のうちに、その年賀状を頭の下にして……。

ふと気がついてみると、そこはホテルの一室だった。

しかも、外国のホテルの部屋であることは、あたりのムードから、すぐに察することができた。配置されている木製の凝った家具、どことなくただようエキゾチックなにおい、そして、窓のそとに拡(ひろ)がる空の色。その明るい、澄んだ青空は、日本の冬の空とははっきりとちがっていた。

「おれはやっと外国の街に来ることができた。むかしからの望みが実現したぞ。だが、まずなにからはじめたものだろう」

こう言いながら、机の上にあるタバコの箱に手をのばした。白い花のデザインのその箱からは、なかのタバコのかおりの高いことが想像できるようだった。タバコでも吸いながら、これからの計画を立てるとしよう。

しかし、あけてみると、その箱はからっぽだった。

箱を投げすて、部屋のなかを見まわすと、壁に洋酒を並べた棚があることに気がついた。彫刻をほどこした、古びたその棚のうえには、聞いたことのある、また聞いたことはなくても、美しい響きの名前がレッテルの上に書かれてある、酒のびんが並んでいた。

私はそれに歩みより、一本を手にした。だが、すぐにそのびんをもとに戻し、となりのびんに手をのばさなければならなかった。びんのなかは、からだったのだ。しかし、つぎのびんも、またつぎのびんも。私はすべてのびんがからであることを知った。

「なんというひどいホテルだ。だが、まあがまんするとしよう。やっと外国にこられたのだ。そのへんを散歩でもしてみよう」

私はドアに手をかけ、そのまま首をかしげながら立ちどまった。ドアのとってをいくら回してみても、あかないのだ。どうやら外から鍵（かぎ）がかかっているように思われた。

顔をしかめながら、あきらめて部屋を見まわすと、窓ぎわの机の上に電話機のあるのが目にとまった。どうせあれも通じまい。こう思いながらも、受話器を耳にあてると、むこうから声がしてきた。

「はい。なにかご用でございますか」

私は不平のはけ口をみつけた。

「サービスが悪いぞ。酒はからだし、タバコも空箱とは」

「申しわけございません。まだ準備ができていないのでございます」

「おもしろくない客あつかいじゃないか」

私のふきげんな声に、相手はなだめるような調子でこたえた。

「窓の下の通りをごらん下さいませ。自動車がございますでしょう」

受話器を耳に当てたまま、窓から見おろしてみると、そこは露地になっていて、一台のスポーツ・カーがとめてあった。

「うん。カモシカを思わせるような、スマートなスポーツ・カーがある。あれがどうしたと言うんだ」

「お気に召しましたら、お客さまにさしあげようと思って、用意したものでございます」

「それはありがたい。だが、若い女の子が乗っているぜ」

そのスポーツ・カーには、カモシカを思わせるようなスタイルの美人が乗っていた。彼女は私を見あげ、笑いかけながら手を振っていた。

「はい。彼女はお客さまの専属として雇いました、通訳兼ガイドでございます。もちろん、運転もできますから、お疲れになったらお命じ下さいませ。静かな森、明るい海岸、古びた城、にぎやかな下町。どこでもお好きなところへご案内いたします」

「そうだったのか」

私は満足感のため、いささかふるえ声になった。

「車のなかには銃もおいてあります。狩をなさりたければ、いい猟場にご案内いたします」

「そうとは知らなかった。さっきは文句を言って悪かった。では、すぐに出かけよう。だが、ドアの鍵があかないのだ。早く来て、なんとか出してくれ」

「申しわけございません。じつは、まだ準備が……」

私はまた、どなりたくなった。だが、もう一回だけがまんしてみることにした。そして、片手で電話機のそばにあった紙を開いた。それはメニューで、デリケートな味を誇りながら、かずかずの料理の名が並んでいた。

「それでは、その準備がととのうまでのあいだ、食事でもして待つことにしよう。この電話機のそばにあるのは、このホテルのメニューだな」

「さようでございます」

「なんでもいい。いちばん早くできる料理をたのむ。この部屋に運んでくれるだろうな」

私の口のなかには唾液（だえき）があふれはじめ、言葉がもつれた。しかし、その答えもまた、

「申しわけございませんが、料理のほうも、まだ準備が……」

こうたび重なっては、もはや心を押えることはできなかった。

「いいかげんにしろ。いったい、これはなんのまねなのだ。さっきから見せつけるばかりで、なにひとつ手に入らない。どうしたらこの先が実現するんだ。おれはどうしたらいいんだ」

こうどなったものの、受話器を勢いよくもどしただけでは、高まった不満は去らなかった。

そこで、手にしていたメニューを力をこめて引き裂いた。

びりっ、と音がした。頭の下に入れていた年賀状を、ねぼけながら破いていたのだった。いつのまにかうとうとして、夢を見ていたらしい。私は頭をふりながら、

「ひとの悪い夢を見させやがる。こんな年賀状を送りつけたやつの名が知りたい」

とつぶやき、裏がえしてそこに印刷されている文句を見た。

〝あなたの夢を完全に実現する大特売。海外旅行とスポーツ・カーの当る特賞〟

それにつづいて、でかでかと商品名が……。

羽衣

風早の、三保の浦わを漕ぐ舟の、浦人さわぐ波路かな……。

春の風が、あたしの顔をかすめて流れている。ああ。なんという、すばらしい景色。あたしは身にまとった無重力ガウンで、あたたかい空気のなかを思うままに泳ぎまわった。

なごやかな霞のひろがる空。山々は萌える緑のにおいを、いっせいに立ちのぼらせている。ひときわ高く、美しいのは、富士山とかいう山だ。いま、その上空でタイムマシンから出てきたばかり。その山肌をなでるように、やさしくはいあがっている雲。さらに北の山々で白く輝いているのは、消え残っている春の雪。

まっ白いものは、もう一つ。波の作り出す白い泡だ。目の下にある海岸の砂浜は、やわらかいカーブを描き、青い海との区切りをつけている。何艘もの小舟が散らばる海は静かで、耳を傾けたら、その上の話し声も聞こえてきそう。

あたしは地球へ、数千年をさかのぼった過去の地球へ、やっと来ることができたのだ。ずっと思いつづけてきた、あこがれの旅行。見あげると、ぼんやり浮かぶ昼の月が……。

月での生活。あたしが毎日をすごしている、月での生活も悪くはない。この点は、火星や金星の都市でもおなじことだ。長い年月をかけて完成した、申しぶんのない都市計画。不便や不快さを、感じたことがない。人工の空気、合成の食料、調節された空気、清潔な住宅。流動プラスチックでできていて、つねに形と色を変えつづけ、人をあきさせない装飾品のようなものもある。また、いまのあたしのように、整形医学でどんな美人にでもなれる。

ただ、ないものは……ないものはなにひとつない。だけど、あたしはなにかが欠けているような気がしてならなかった。それとも、なにかの力が、あたしを誘っていたのかもしれない。

あたしはきのう、時間旅行会社を訪れて申し出た。

「あの、過去へ旅行してみたいんですけど」

事務員の男は、あいそのいい口調で聞きかえした。

「どのような過去でございましょう、おじょうさま」

「過去の地球へ行ってみたいの」

「それでしたら、わが社の撮影いたしました、立体映画をごらんになれば、それで充分でございましょう」

「それは何度も見たわ。よくとれていると思うわ。だけど、あれは幻なのよ。あたしは時の扉を自分で押しあけ、過去そのものに触れてみたいの。ちょっとでいいわ」

「でも、ご存知と思いますが、費用はお安くございません」

「わかっているわ。ほうぼうの劇場で歌ったり踊ったりして、ずっと貯めてきたお金があるのよ」

「こんなことを申しあげるのも、なんでございますが、それだけのお金があれば、アルデバラン星へのご旅行もできれば、空間に浮かぶ個人住宅だってお買いになれます。もっと面白いかと思ったと、あとで文句をおっしゃるかたもございますので、ひとこと申しそえる規則になっております」

「いいの、過去を肌で感じることができさえすれば、後悔はしないわ。夢にまで見つづけてきたことなのですもの」

「わかりました。しかし、これだけは誓っていただかないと困ります。過去を変えないこと。過去を変えると、現在の多数の人の生活に、なんらかの形で迷惑をおよぼします。人口の少なかった時代にご案内いたしますが、絶対に着陸なさらぬよう。とくに、過去の人と接触なさらぬよう。決して、現在の物品を過去にお残しにならぬよう……」

事務員のくどい説明を、あたしは適当に打ち切った。

「わかっているわ」

あたしはこうして、二十分間だけの旅行を許された。宇宙船で地球の上空へ、そして、タイムマシンで数千年の過去へと。

あたしは目に、肌に、耳に鼻に、すべての印象を焼きつけようと、飛びまわった。やはり、来てよかった。人工や合成でない物でみちた、過去の自然。

少し高度を下げてみると、白い鳥が飛んでいた。黄色いチョウも舞っている。追っかけっこをして、手で触れてみたかったが、それはやめた。過去をいじってはいけないのだ。

時計を見ると、四分がたっていた。あと十六分。あたしはひとけのない、海岸の松林をかすめた。波の音、海のにおい。動きまわる波は、あたしを誘惑していた。

ちょっとだけ、ほんのちょっとだけ、あの波にさわってみたい。せっかく過去に来たのだもの。あたしは、その欲望に負けた。

松林のなかで無重力ガウンをぬぎ、あたしは波うちぎわに駆け寄った。海。波。この太陽系ばかりでなく、いや、ほかの太陽系のどこへ出かけても見ることのできない青い海。波は足を冷たく、快く、くすぐった。未来から帰った子供をあやす母のように。

しっとりとした砂の上に、あしあとが残った。だけど、波はすぐにそれを消している。過去になにも残せないことは、さびしくもあった。

時計を見ると、八分がたっていた。あと十二分。充実していても、短い旅行なのだ。こんどは、少し北の山々の谷を飛び、雪どけの流れのそばに咲く、花々でも眺めてみようかしら。

あたしは急ぎ足で、松林に戻った。そして、思わず目をこすった。ないわ。たしかに、いまここに置いたはずなのに。無重力ガウンがないと、富士山の上空で待つ、宇宙船のなかのタイムマシンに帰れなくなってしまう。あたしは青くなった。

その時、若い男の声がした。

「なにをさがしておいでです。これですか」

ふりむくと、みすぼらしいが、たくましく明るい、海のにおいのしみこんだ青年が立っていた。その手には、銀色の無重力ガウンが。あたしは、思わず呼びかけていた。

「あら、早くかえしてよ」

過去の人と接触するのはタブーだけど、早くそれを取り戻さなければ、ほかの景色を見ることができない。

「こんな美しい着物は、はじめて見ました。拾ったのはわたしです。家へ持って帰って、宝にしたいのです」

「そんなことは……」

あたしはからだがふるえた。品物を渡したりしたら、とんでもないことになってしまう。月や、火星や金星などで、楽しく平穏に暮している人たち。その生活をくつがえすことにもなりかねない。

あたしは押し問答をしたが、青年はきかなかった。武器の携帯は許されなかったし、力ずくでも勝ち目はない。あたしは、目の涙を指先で押えた。

青年はまぶしそうに、あたしを見つめて、

「あなたは、どこからいらっしゃったのです。見なれない着物ですが」

「月よ。月からよ」

と、あたしは思わず答えてしまった。

「月からですって。うそでしょう。そんなでたらめでは、これをおかえしできません」

「でも、本当に月から来たのよ」

あたしは、どうしたら相手を説得できるだろうと考えながら、すわりこんでしまった。そして、空を見あげた。あと八分で、タイムマシンに戻らなければならないのに。

青年の顔には、同情の色が浮かんだ。

「月からいらっしゃった、天人とおっしゃるのですね。それが本当ならば、わたしども人間がおじゃますることはいたしません。しかし、天人であることを、なにかで示して下さい」

「なにもないわ。どうしたらいいかしら」

時間をかければ、なっとくさせることができるかもしれない。でも、その時間がない。あと六分。このオルゴールつきの時計をかわりに渡せば、ガウンをかえしてくれるかもしれない。しかし、それも許されないことだ。すぐ海へ捨ててくれればまだしもいいが、相手は家宝にするにきまっている。

青年はやさしく話しかけてきた。

「本当に天女なら、人間にできない、なにかができるはずです。それを拝見させて下さい。そうすれば、この衣をおかえしします」

あたしは、しばらく考え、

「月の歌と踊りをお見せするわ。どうかしら」

「けっこうです」

「じゃあ、それをかえしてよ。それを着ないと踊れないの」

「しかし、そうしたら、あなたはすぐに逃げてしまうかもしれない」

「天女はうそをつかないわよ」

時間がないので、あたしはいらいらした口調で言った。青年は顔をあからめ、ガウンをさし出した。

あたしは手早くガウンを身につけ、空中に浮かんだ。時間の許す限り、この青年との約束をはたしてあげよう。あたしは月で流行している歌を口にし、踊りの身振りをし、少しずつ高く昇った。

この青年は、いつまでもおぼえていてくれるかしら。それとも、春のかげろうのなかから現れた、幻と思ってすぐに忘れてしまうかしら。

あたしは目で、青年に別れのあいさつを送った。あたしを見つめる青年の目の、なんと純真なこと。人を信じ、欲の少ない、おだやかな人たちの時代、さようなら。

青年も、海辺も、松の林も、緑の山々も、霞の下に薄れ、小さくなっていった。こんないい人たちが、なぜ二千年ほどあとに、この地球をめちゃめちゃにしてしまったのかしら。海のすべてを蒸発させ、除きようのない毒と放射能にみちた、死の世界に変える戦いをはじめてしまったのかしら。

宇宙基地に残った人びとが、人類と文化とをむかし以上に再建したとはいえ、母なる地球は、もう二度と生きかえってはこない。

あたしはやっと、タイムマシンに帰りつくことができた。ふりかえったけれど、もうあの青年は霞の下になっていた。

……さるほどに、時うつって天(あま)の羽衣、浦風にたなびきたなびく。三保の松原、浮(う)島が雲の、愛鷹山(あしたかやま)や富士の高嶺(たかね)、かすかになりて、天つみ空の霞にまぎれて、失せにけり。

期　待

朝の七時。

静かな部屋のどこかで、カチリという音がおこった。機械じかけのベッドがゆらゆらと揺れはじめ、同時に、枕もとのスピーカーがいつものように録音の声をささやいた。

「さあ、おめざめになる時間でございます。きょうは二〇〇三年、八月一日でございます。きょうもまた、正確に一日をお過しなさるように……」

ナヤ氏はそれを聞くと、いっぺんで飛び起きた。普通だと、ナヤ氏はなかなかベッドから離れたがらない。そして、くりかえされるたびに大きくなる録音の声が、ついに部屋じゅうに響きわたるほどになり、がまんができなくなるまで横になりつづけるのだった。しかし、この一週間ほどはちがっていた。機械の合図があると、すぐ起きあがる。

「言われなくったって、起きるとも。きょうあたりではないかな。なんとなく、予感

のようなものがするぞ」

　ナヤ氏はこうつぶやきながら、ベッドからおりた。そのベッドが自動的にたたまれ、壁のなかにおさまってしまうと、食卓のほうで、ブーンというなり声がはじまった。自動調理器が朝の食事を作りにとりかかったのだ。

　ここはアパートの三十階の一室。ナヤ氏はここに一人で住み、昼間は宇宙旅行用携帯食品の製造会社につとめている。あまりうるおいのある生活とは言えなかった。

　しかし、このところ、彼の表情にはいきいきしたものが感じられた。ナヤ氏は踊るような足どりで部屋を横ぎり、窓ぎわのあたりで身をかがめた。窓のそとでは、夏の暑さが日の高くなるにつれて強くなりはじめていたが、断熱ガラスの内側の部屋のなかは、もちろん適当な温度に冷房がきき、ハッカのような合成香料をかすかに含んだ空気が循環していた。

　部屋のなかはひんやりしていたが、いまのナヤ氏の心は期待で熱をおびていたし、また、彼の見つめている装置のなかにも、高い温度がみちていた。

　それは孵卵器。なかを一定の温度と湿度とに保っておくことのできる、簡単な装置だ。あまり大きいものでなく、入れてある卵の数はただ一つだったが、その卵は割と大きなものだった。

彼はこれをかえすことに熱中していた。図書館で調べたところによると、きょうあたり、なかからヒナが現れてくるはずなのだ。

ナヤ氏がこれを手に入れたのは、しばらくまえ「最近、郊外に越したから、遊びにこないか」と、友人のエル氏から手紙をもらい、休日に訪れてみた時のことだった。

「しばらくだな。ずいぶん景気よさそうじゃないか」

と、ナヤ氏があいさつをすると、エル氏は笑って答えた。

「ああ、このところ、上流階級相手のある仕事をはじめてね。おかげで、このように郊外の庭つきの家に住むことができるようになった」

「芝生があって、いい庭だな。それに池もある」

ナヤ氏にとって、庭や池はそれほどうらやましくなかったが、その池に浮いている物には、はなはだしく心をひかれた。そして、思わず声をあげた。

「すごい物がいるじゃないか」

「あ、あの白鳥のことか」

白鳥は四羽いた。水の上を静かに泳いでいた。まっ白で、大きく、優雅に首をのばし、水の精の化身のように見えた。

「まえに動物園で見たきりだが、美しいものだな」

「ああ。一日の固苦しい仕事を終って家に帰り、庭で白鳥が遊んでいるのを見ると、心の休まる思いがするよ」

「どうやって白鳥を手に入れた。買ったのか。さぞ高いんだろうな」

「それは高いさ。白鳥は世界的に少なくなっている。金持ちでも、白鳥を飼っている人は、ごく少ない。そこがいいところだ」

「それは、どういう意味だ」

「つまり、これがぼくの仕事なんだ。この白鳥を上流階級に売込む商売をはじめたわけなんだよ。それがうまく当り、金まわりがよくなったのさ」

「そうだったのか」

と、ナヤ氏は感心し、ため息をついた。そして、エル氏に言った。

「もっと近よって眺めてはいけないかな」

「いいとも。庭へ出よう」

二人は庭へ出て、池のふちに立った。そのうち、エル氏が口笛を吹いた。それに応じて、四羽の白鳥は水の上をすべるように泳ぎ、こっちにやってきた。青く澄んだ水に姿をうつし、波紋もたてず、音もなく動いてくる様子は、古い絵から抜け出してきたようでもあった。

エル氏はまた口笛を吹いた。すると、白鳥たちはつぎつぎと水からあがり、鳴き声をあげながら、二人のまわりに集ってきた。

「よくなれているんだな」

ナヤ氏は感嘆するばかりだった。エル氏は白鳥たちの頭を、やさしくなでてやりながら答えた。

「ああ。しかし、ならしたというわけではないんだよ」

「じゃあ、どうしたんだ」

と聞きながら、ナヤ氏もそっと一羽の頭をなでてみた。やわらかい羽毛の触感はすばらしかった。それに、白鳥はべつに暴れもしなかった。

「改良して、人なつっこい品種を作りあげたわけだよ。そうでないと、商売にならない。このごろの人は、自分でならすなどということを、面倒がってやりたがらない。ここにいちばん苦心したよ」

エル氏は楽しそうに笑い、また口笛を吹いた。白鳥たちは水にもどり、また静かな泳ぎを見せはじめた。池のほとりには木があり、その下には巣があった。泳ぎ疲れた一羽は、そこにもどって休んだりした。

もはやナヤ氏は、白鳥から目を離すことができなくなってしまった。自動装置にとりかこまれた毎日の生活からみると、夢のような心持ちだった。ついに、おそるおそる口にした。

「どうだろう。一羽でいいから、ゆずってくれないか」

しかし、エル氏はすまなさそうに首を振った。

「それは困るな。まだ商売をはじめたばかりで、高く売らないと、引きあわないんだ」

「どれくらいするんだい」

エル氏の答えた金額は、ナヤ氏の収入では当分、買えないものだった。だが、目の前で泳いでいる美しい白鳥を見ると、なかなかあきらめることはできなかった。

「いいじゃないか。なんとか一羽ぐらい、たのむよ」

「きみとは昔からの友人だから、ゆずってあげたいがね、まだ数が少ないんだ。いずれ数がふえ、安くなるから、そうなったら進呈するよ。それまで待ってくれ」

待ってくれと言われても、ナヤ氏はそれができそうになかった。だが、こう説明されては、それ以上むりにとも言えなかった。

「残念だな」

「悪いけどね。さあ、白鳥でも眺めながら、酒でも飲もう。いま、用意するから」

エル氏は組立式の机と、酒とを取りに家のなかに入っていった。そのあいだに、ナヤ氏は池のまわりを歩き、白鳥の巣をのぞきこんでみた。そして、なかに卵が六つばかりあるのを見つけた。彼はそれに手を伸ばしたり、ひっこめたりした。何度かそれをくりかえしたあげく、エル氏がもどってくる前に、その一つをポケットに入れてしまった。

そして、気にしながらも、とうとうアパートまで持ち帰ってしまったのだ。

ナヤ氏が孵卵器のなかで、大切に扱いつづけてきた卵がこれだった。エル氏には気づかれなかったらしく、そのごなんとも言ってこなかったが、失敗したからもう一つ、というわけにはいかない。ナヤ氏は図書館でいろいろ調べ、慎重に慎重を重ねてあつかった。

もちろん、手間のかかることではあった。だが、ヒナがかえり、白鳥に育った時のことを考えれば、問題ではなかった。この部屋の片すみに水槽を作り、そこに白鳥を泳がせておく。えさは自動調理機でなんとかなるだろう。

仕事から帰って口笛を吹くと、白鳥がそばを歩きまわってくれる。なんという、すばらしい生活だろう。しかも、夢ではなく、まもなく現実となるものだ。ナヤ氏は笑いを押えることができなかった。

その笑いは、ふいに緊張に変った。卵にヒビが入りはじめたのだ。いよいよ、ヒナが生まれてくるらしい。

食卓のほうで「朝食ができました」と調理機が告げていたが、いまはそれどころではなかった。

「静かにしろ。やっと、白鳥が手に入るところなんだ」

ナヤ氏はつぶやき、卵を見つめながら、感激の一瞬を待ちかまえた。だが、卵のヒビは大きくなったが、いくら待っても、ヒナはあらわれなかった。彼がふしぎに思って、さわってみようとした時、どこからか声が聞こえてきた。

〈みなさま、生活にうるおいを与える白鳥をどうぞ。エル商会特製の、本物そっくりで、精巧きわまる、ロボットの白鳥を。口笛によって、自由に動きます……〉

ナヤ氏は卵のなかから、音を出しつづけている、小さな装置を見つけだした。彼はそれを、思い切り床になげつけた。

「白鳥の湖」の曲とともに、宣伝文句をしゃべりつづけていた装置は、こわれて静かになった。

やがて、片すみから動いてきた自動掃除機が、それを拾いあげて捨てに戻っていったが、ナヤ氏はまだぼんやりと立ったままだった。

反　応

その、遠い惑星から訪れてきた宇宙船は、地球からはなれた空間で止まり、通信を地球へ送ってきた。

「美しい緑の星に生活するみなさん。わたしたちは高い文化を持つ星のものです。そして、この文化をほうぼうの星々にわかち与えるために、宇宙船に乗ってあちこちをまわっているのです。みなさんはわたしたちの文化を受け入れ、向上なさるおつもりはございませんか」

このメッセージを受信した地球上では、大いそぎで検討がはじめられた。

「うまい話じゃないか。こんな申し出を断わることはない」

「そうとも、労せずして進歩をとげられるのだ。こんなありがたいことはない」

だれにも異議はなかった。ただちに返事が電波に乗った。

「ありがたいお話です。あなた方のご好意をお受けいたしたいと思います。どうぞすぐ着陸して下さい。わたしたちは大歓迎をいたします」

これに対して、宇宙船からは、ふたたびこんな通信があった。

「歓迎して下さるとは、うれしいことです。わたしたちも遠くまでやってきたかいがありました。しかし、着陸にうつる前にいちおう調べさせていただきます。わたしたちのもたらす文化を、あなたがたに悪用されては困りますので。着陸はそれからにいたしましょう」

「ごもっともです。ご自由にお調べ下さい」

「では、さっそく、そのための装置をお送りします」

それと同時に、宇宙船からは装置をつんだ小型ロケットが発射され、それはしばらくして地上に達した。人びとがあけてみると、なかからは見なれない装置が出てきた。四角な箱で、そのはじのほうから十本ばかりの針金が出ていた。

「ただいま受取りました。だが、これをどう使うのでしょうか」

地上からの質問に、宇宙船から指示が来た。

「それは、うそ発見器です。みなさんのうち十人のかたに、そこから出ている電線のはじを握っていただきます。そして、こちらからの質問に答えていただきます。その装置から送ってくるカーブの乱れによって、わたしたちは正しい答えかどうか判断いたします」

「わかりました。では、どうぞ質問をお送り下さい」

さっそく地球上では主だった十人が集り、それぞれが電線のはじを握り、質問を待った。

「よろしいですか。では、お聞きいたします。あなたがたは、文化をさらに高めたいとお考えですか」

「はい」

十人はいっせいに答えた。装置は反応を電波で宇宙船に伝え、ゆるやかな波形が描き出されはじめた。

「つぎの質問に移ります。あなたがたはわたしたちのもたらす文化を、決して悪用なさらないでしょうね」

「はい」

装置の送る波形は乱れなかった。

「ご返事にうそがないようです。装置から報告してくる波形も乱れておりません。うれしく思います。しかし、わたしたちは、もたらした文化が悪い結果になるのを、最も恐れるのです。もう一回お聞きしますが、将来とも決して悪用しないことを、あなたがたの惑星にかけて誓うことができますか」

みなが答えようと息をのんだ時に、予期しなかった事態が発生した。とつぜんの地震がみなを驚かせたのだ。装置は波形のはげしい乱れを宇宙船に伝えた。

「美しい惑星に住むみなさん。みなさんからのご返事がこんなとは思いませんでした。お気の毒ですが、これでは着陸するわけにはまいりません」

宇宙船からの通信の一切が、これでとだえた。

治療

音もなく、目にも見えず、伝染病はひろまっていった。騒音のぶつかり合う都会であろうと、誘蛾灯の涼しく光る農村であろうと、およそ文化の進みつつあるところへはどこまでも侵入し、むしばんでいった。

しかも、手に負えなくなるまで放任されていた。それは無理もなかった。目に見える症状のないこの病気は、だれが感染しているのかを見わけることができなかったし、また感染してしまった者も、自分にははっきりわかるのだったが、決してそのことを口には出さない。むしろ、反対を装うので、問題になりかけたときは、手のつけられない状態になっていた。消毒や薬では防ぎようがなかった。肉体の病気ではなく心の病気なのだから。それは、劣等感という病気だった。

ほとんどの者がかかっていた。こうなると病気と言えるかどうかはわからない。しかし、やはり病気だった。患者にはものすごい苦しみを与えるのだから。治療法はなかった。時どき雑誌などに記事がでた。

「だれでもそうなのだから、気にするな」

と。だが、そんなお座なりの文句が役に立つはずもない。だれもがカゼをひいているという事実が、自分のカゼの苦痛を和らげてくれるだろうか。

平和な世の中が続いたせいだった。戦争の危機を叫ぶ者はあったが、それは平和につきものの現象だったし、大衆は身ぢかでない抽象的な話には無縁だった。

人口は増え、教育が進み、欲望が高まり、そのあげく生存競争が激しくなって対人関係が複雑になるにつれ、なんとかして他人よりすぐれなければ生きてゆけないような気がしてくる。だれもかれも背伸びをして、他人とつきあっていた。自分が背伸びをしていて、みなとやっと同等になれる。この背伸びをしているぶんだけ、自分が劣っているのではないだろうか。ふと、このことに気がつくと、もう決してこの病気からのがれることはできなくなる。いつ全快するとも知れない、長い時間を迎えるのだ。

そのうえ、その苦しみを口に出すことが出来ない。ひとに訴えることは、社会から落伍（らくご）するのとおなじだった。自信がないんですが、ぜひ仕事をやらしてください、と言っても、だれが相手にするだろうか。ひとりで苦しむ以外にないのだった。戦争の危機などを考えてみる余裕は少しもない。そのため、平和はつづき、人口、教育、欲望はさらに高まり、劣等感はつぎつぎと人びとにとりつき、新しい患者をつくっていった。

もっとも、病気にかからない者もあった。だが、それは子供か精神の未発達の者で、ごくまれに万事に優れた者もあったが、その数はわずかだった。若くして名をあげたある作家は、数学のまったく出来ないことを苦にしていた。会えばすぐ文学論をはじめるのは、そのことに触れられるのを避けるためかもしれなかった。

新しい企業で相当な財産を作った事業家は、音痴であることを、ある女優は外国語のわからぬことを気にしていた。どんなにうらやむべき地位も財産も、当人たちにとっては、その欠点を補うにはまだまだ足りないもので、幸福感など少しもなかった。まして、なんのとりえもない多くの大衆にとっては、どうにもこうにも救われようがなかった。

「なんにもとりえがなくても、これで幸福なんだ」

とつぶやいてみても、それは引かれ者の小唄(こうた)となって自分の耳にもどってくる。いよいよ劣等感が倒錯したぞ、病状が進んだらしい。すぐこう気がついて、ますます苦しむ。

いてもたってもいられなくなって、

「苦しくてもいいんだ。倒錯でけっこう。それでも幸福なんだ」

と、やぶれかぶれに考えるようになると、病状が第三期に入った証拠だった。からだじゅうを思念の流れが、電気洗濯機のなかのようにかけめぐる。しかし、それを一切おもてにあらわせない。あらわした途端に、自己が収拾のつかないまでに分裂して、修理不能になりそうな予感がするからだった。

患者たちは救いを求めていた。だが、本当はあきらめていた。これはなおらないんだ。万事に傑出した能力を持つ以外にないんだ。それができないのなら、ばかになる以外ないんだ。

そして、だれもが時どき、ばかになりたいとつぶやく。だが、ばかになる薬が作られて、さあ飲め、と出されたら、必死に拒むにちがいない。ばかになりたいとは、自分以外がばかになるといい、との意味なのだ。

結局、じっとがまんする以外には、方法がないのだった。死ぬ時を待つために生きているようなものだった。生きるために苦しんでいるのだった。

皮肉にも、文化生活は普及していた。しかし、まっ白な冷蔵庫には、灰色の雲を雪に変えてぬぐい去る能力はなく、テレビは大活躍する主人公や美しいヒロインが、見る者の心の画面に電子を射ち込み、その傷口をますます大きく悪化させていくのだった。

「なおるそうだ」

ひろまりはじめたこのうわさを、だれもが皮膚いちめんを一瞬、神経細胞に変えて聞きとった。どこでも話題にされていたのだ。

「えらいことをはじめたやつがいるものだな」

「これでずいぶん救われる連中もいるだろう」

みなひとごとのように話しあっていた。だが、ひとごとのように装うのは、ほとんど患者と見てよかった。

蔓延（まんえん）しきった、この病気の治療を試みた者があらわれたのだ。末世になれば救世主が自然とでてくるように、大衆のなおりたいという願いにこたえて、ひとりの男が、その方法を完成したのだった。

マール氏という中年の男だった。中年の男というと、なにかいやらしい感じがするが、彼の場合は紳士だった。親ゆずりの会社をうけつぎ、しかもその会社は順調で財産もあった。彼はその財産を投げ出し、悩める大衆を助けようとしたのだ。

患者たちのうち、あきらめている者は、

「新手のいんちき宗教のたぐいさ。どうせ面白くない世の中だから、ひとつ大ぜいの人間をだまして、この世の思い出に楽しむか、といったたちの悪い思いつきだろう」

とうわさしたし、まだあきらめていない者は、

「いや、あの人のやることだから、いいかげんなことではない。本当に苦しむ大衆を助けようとしているのだ」

とささやいた。しかし、その計画がはっきりしてくるにつれ、

「あれならなおるかもしれない」

といううわさにまとまり、それがひろまりはじめたのだった。

彼は、自分の電気機具製造会社の工場を使って、大きな電子頭脳を作りはじめていた。彼は財産を惜しげもなくつぎ込んだうえ、借りられるかぎりの金を借り、その仕事に熱中した。第三者から見ると、中年になってから女ぐるいや競馬場がよいをはじめた一般の男と同じように、手のつけられない道楽と思えないこともなかった。

だが、彼はそんな見方を気にしないで、製造をつづけた。製造のあいまには許可を受けるために官庁にかよった。

はじめのころはこうだった。

「新しい計画で仕事をはじめたいと思いますので、ひとつ許可をいただきたいのですが」

見るからに秀才タイプの若い役人は、書類からちょっと目をはなし、めんどうくさそうに聞き返した。

「いったい、なんです」

「じつは、だれもが悩まされている劣等感から、人びとを救い出す設備。まあ、精神の修理工場とでも言いますかな。役に立つと思いますがね」

「全部がなおるんですか」

その役人は、いくらか身を乗り出したように見えた。

「いや、全部は無理。半分ですね」

「半分とはどういうわけです。まあ、くわしく説明してくれませんか」

マール氏は説明をはじめた。

「現在、だれも口には出さないけれど、ほとんど全部が劣等感につきまとわれています。これはちょっとおかしな話じゃありませんか。全部が劣っているなんて、不合理ですよ。これをきちんとするために、わたしはいま、電子頭脳を作りかけています。できあがったら記憶をうえつける。その時に、できるだけ多くの人からデータを集めて、きっちり平均値をそろえておくのです。そうすると、完全な平均人間といったものができあがりますね。これと患者を対面させるのです。患者がこれよりまさっている場合だったら、なにも気にすることはありませんよ、あなたはすぐれたほうの人間です、とはっきり示してやることができるじゃありませんか。それでもなおらない重症もあるかもしれませんが、おそらく相当数の人が救われます」

「もし劣っていた時は、どうなるんです」

「これはだめです。仕方がありませんね」

役人はこれを聞いていくらかけしきばんだ。

「それはちょっとひどいじゃありませんか。半分を犠牲にして、半分が助かるとは」

「そうおっしゃるけど、いまは全部が苦しんでいるんですよ。半分だけでも助かるほうが、よっぽどいいじゃありませんか」

「いや、劣った半分はますますひどくなる。それまでは、もしかしたら、といった希望があったからこそ生きていたのが、絶望して死んでしまいますよ。劣った半分が死んでしまったら、生き残った者の半分が劣った半分になる。それで結局、最後には……」

マール氏はそれをなだめて説明をつづけた。

「どうもあなたはまだお若い。大学を優秀な成績で出られたかたには、観念的につっぱしる傾向があるようですね。人間というものは、そう簡単には死なないものです。

劣った半分は、それ以上悪くはなりません。なおりもしませんが、死ぬこともないでしょう。まあ、生と死との間にはさまっているようなものですから、動きようがなく、そのままです。しかし、半分は完全になおります。それでいいじゃありませんか。それに、なおらない連中としても、なおったように装いますから、問題はあまり起るまいと思います。なにしろいまのままでは、だれもかれも苦しんでいるんです。せめてなおる者だけでも、一刻も早く救ったほうが、社会のためじゃありませんか。ぜひ、許可のほうを、よろしくお願いします」

そう言われると役人も、なおる者をほっておくわけにもいくまい、といった気になった。

「ご説明をうかがうと、もっともな点もありますね。しかし、わたしだけでは、なんとも言えません。上司と相談してご希望にそうように致しましょう」

マール氏はその後、ひきつづいて各方面から猛運動をくり返した。そして、許可の見とおしがつくにつれ、問題の電子頭脳も完成に近づいていった。

幸福検定クラブは、いよいよ発足した。

都会のまんなか近く、あるビルの部屋を借りて、仕事がはじめられた。このクラブの入口と出口はべつになっていた。もちろん、混雑緩和の意味もあったが、こうしておけば、出てくる者と入ってくる者とが、顔をあわせないですむだろうとの配慮からだった。そのため、だれがやってきたかは、わからないしかけになっていた。もっとも、出口でがんばっていたらべつだが、人通りのはげしい道で、長いあいだ立って見ているのは、よほどのひま人でなければいなかった。

クラブの事務員としては、若い男二人もあればじゅうぶんだった。手数料だけさきに取って、あとは患者を装置のある部屋に入れて、一人で話をさせておけばよい。患者は名前を言う必要などない。また、装置と話をする時、他人がそばにいるのだろう、との心配も無用だった。診断を下す者もいらないのだった。診断は患者たちが自分できめるのだ。その装置に対して劣等感を感じるか、感じないかで。

結果を知る者は、それぞれの患者だけだった。しかし、劣等感から救われた人は、すぐにわかった。なおった連中はすぐに口をそろえて、つぎのように話すのだから。

「じつは、いまだからこそ、こう口に出せるんですが、わたしはずいぶん、ひどい劣等感に悩まされていたんですよ。でも、このクラブのことを聞いたときは、行って見ようかどうしようか、けっこう考えてみたものです。もし劣った半分に入ったら、どうしようかと思ってね。

しかし、あるとき気がついた。なおらなくて、もともと。なおったら、もうけものじゃありませんか。自分はなにも出さず、相手にだけ賭けさせて、勝負をするようなものですからね。思い切って出かけてみたわけです。だが、やはり、いくらかは心配でした。

部屋に入れられて、その有名なる電子頭脳とやらは、どんな設備なのかと思って見まわしたわけですが、たいしたものもありません。それとも、主要部分は隣りの部屋にでもあるのかもしれません。

まず、自分の性別、年齢などを、ダイヤルをまわして合せる。すると正面のスクリーンに人物の像があらわれてきます。これがわたし程度のものの、標準人間なのだそうです。息をのんで待ちかまえていたんですが、それを見て、いくらかほっとしましたね。なにしろ、あまりぱっとしないようすのやつでしたから。いささか劣等感も薄らぎました。

それに、話しかけてみると、返事をするではありませんか。最初は無理して高級な話題を持ち出しましたが、通じません。だんだん話しているうちに、相手の低級なことに気がつきました。まあ、ひと安心というところですね。安心のつぎには、驚きま

したよ。あれがわれわれの平均かと思うと、情けなくもなってきました。世の中には、愚劣な人間がたくさんいるものとみえますね。いままで、自分がなにをくよくよしていたのか、ばかばかしくなりました。

わたしは字の下手なのを気にしていたので、字を書いてくれと頼むと、べつなスクリーンに字が出てきました。これも、わたしより、だいぶ下手ですね。これでほとんど劣等感がなくなったので、部屋を出ようとした時に、ついでだから歌を歌ってくれとたのんでみましたが、その歌も下手なものですよ。長いあいだの胸のつかえが取れたような気分で、部屋を出ました。部屋を出ると、スイッチが切れるしかけになっているらしく、ふりかえった時には、スクリーンの像は消えていました。

こんなわけで、まったく劣等感はなくなりました。これもあの電子頭脳とやらのおかげですね。文明の利器です。あれがなかったら、あのまま一生をすごさなければならなかったのかも知れません。

ところで、あなたも、早く行ってみたらどうです。なに、心配することはありません。なにしろ低級です。劣った半分に入るような連中は、くよくよしないから、きっとクラブには行かないでしょう。なるほど、これでみんなが幸福になる時代が来たことになるわけですね」

なおった者の話すことはだいたい同じようなものだった。

私の心は救われた、と随筆に書く有名人もふえてきた。なおらない者もあったにちがいないが、その連中はしゃべらないのだから、行けばなおるといったうわさばかりがひろがっていった。

クラブには多くの人が押しかけた。マール会長は趣味に熱中するように働きつづけた。彼は患者たちからの収入で、つぎつぎと電子頭脳を製造した。地方にも同じような設備を作るためだった。新しいのが何台も作られ、いままでのものから記憶を吸収して、運ばれていった。

好評だった。

だが、あまり好評なので、警視庁ではひそかに調査をはじめた。マール会長が電子頭脳のデーターを手加減して、実際よりはるか下を、平均と称しているのではないか、と想像したからだった。しかし、この調査に手をつけるべきかどうかで、ひともめあった。

あれだけ多くの人から劣等感をぬぐい去っているのだから、手加減があったとしても、目をつぶっていた方がいいのではないか。むしろ奨励した方が世のためだ。知らぬが仏。いまさら仏をあばいたところでどうなる。もとにもどるだけさ。やめた方がいい。

反対意見もあった。いやいや、悪事はいつまでもかくせない。それでは、せっかく幸福になった者を、いつか引きもどすことになる。早く調査して正確なものにしておかなくては。へんなうわさをたてられてからでは、ぐあいが悪い。幸福は真実の上にこそ築かれるべきだ。いいかげんなものでは、人間性の冒瀆(ぼうとく)だ。

二派に分れて、それぞれ意見を述べあったあげく、結局、後者が勝を占めた。警視庁としては疑問をほっておいて、あとになってから、やれ、くされ縁だとかなんとか言われるのにはこりていた。

そして、さっそく調査のための係官の何人かが、幸福検定クラブの会長室に向った。勢いこんでの質問に、マール会長は落ち着いた様子で、つぎのように答えた。

「ああ、そのお疑いは、ごもっともです。しかし、心配はご無用。データーも装置も正確なものです。データーにあつめた個人名を発表されるのは困りますが、お調べになるのはかまいません。

実際を申しますとね、わたしも標準を下げようかと考えたこともありました。少しでも多くの人を助けたいものですから。なおった人たちから時どき、お礼の手紙などをいただきますが、それを読むと、本当に人助けになってよかったと思います。また、劣った半分と判定を受けて帰った人たちのことを考えると、せめて、装置が間違っていたのかも知れないと、考える余地を残しておいてあげたいような気もします。まったく気の毒ですからね。

そこで、なおらなかった者に費用をかえしてあげる方法はないかと考えてみました。しかし、これは方法がありませんね。なおらなかった者はなおったような顔をして帰って行くでしょうし、ぬけぬけと、返してくれ、と申し出て来る連中は、案外、なおった者たちばかりになるかも知れず、判断のつけようがありません。だが、結局、そんな人間くさいことを考えていては、この仕事はやっていけません。なおるものはなおるし、なおらぬものはなおらぬ。非情なものです。社会だって、こんなものではありませんか。いったい、だれがいけないんでしょう。あるいは科学が進みすぎたからかも知れませんよ。毒を以て毒を制す。せめて半分だけでも、助けられるように、わたしはこの電子頭脳を作ったのです。これがもし、全部を救えるのでしたら、わたしもキリストになれるんでしょうにねえ」

この説明を聞いた係官たちは、念のため、慎重にクラブ内を調査したが、べつに不都合は発見されなかった。マール会長は、調査を終えて帰りかける係官たちにあいさつをした。

「調べて頂いて、わたしも安心しました。これからは、さらに多くの人を救うようにがんばります。ところで、どうですか。あなた方のうちで、まだ、おためしになっていらっしゃらない方はありませんか。まだの方は、ついでですから、ちょっとためして行かれたらいかがです。代金の点はけっこうですから……」

幸福検定クラブの電子頭脳は、電力を消費しながら、動きつづけていた。都会のも、また地方につぎつぎと作られたのも、連日、多くの人の話し相手になって、消すことのできる劣等感を消していった。

あれほど猛威をふるった劣等感もしだいに各地から駆逐されていった。社会には明るい雰囲気がただよいはじめた。劣等感にともなって作り出されていた、虚勢などがなくなっていった。深刻めいた顔つきを、わざわざ作りあげる努力もいらなくなった。もっとも、いままでだれもが深刻めいた顔つきをしていたのは、わざわざしていた者ばかりではなかった。劣等感の重症なときは、どうしても深刻な顔つきにならざるを得ない者もあったのだ。

だれもが、いつも、お正月のようにのんびりした顔つきになった。せかせかと歩きまわる者も少なくなった。しかも、社会には特に悪い影響もなかった。生産は充分あるのだから、ぜいたくなことをしようとしなければ、食っていけた。劣等感がなくなったので、無理をしてまでぜいたくをしようとする者もなくなっていたのだ。

新聞や雑誌からは、大げさな文章がへっていった。へたに大げさな文章を書くと、

「あいつは、まだ劣等感があるんじゃないか」

と、ひやかされるせいもあった。

幸福検定クラブに来る患者たちは、最初ほどではなくなったが、まだまだ続いていた。劣った半分に判定を受けたものが、何度もやってくるからだった。そして、そのなかからは、なおる者もでた。

クラブの事務員たちは、仕事になれたせいもあって、時には雑談もできるようになった。

「この機械が、こんなに社会のためになるとは、思いもよらなかったな」

「うん。すごい好評だ。会長は外国からの依頼で、指導のために洋行するらしいぞ。

いよいよこんどは輸出だ。ご神体が海を渡る、というわけだな。神さまも現代になるとこんな形のものになるとみえる」

「ところで、きみは現代の神さまの洗礼は受けたのかい」

「ああ、ついこのあいだだ。なにしろ、あの忙しさでは、こっちの使うひまなんかなかったじゃないか。難なくパスしたけどね」

「ぼくも三日ほど前に使ってみたよ。じつは、いささか心配だったので、なかなか決心がつかなかったせいもあったがね。しかし、あんなに平均値が低いものとは思わなかった」

「そんなものさ。やれやれ。まったくのんびりした世の中になったものだ」

「ああ。ぱっとしたことをするやつが、ぜんぜんいなくなったからな。昔はぱっとしたことをやりたくて、みなが鵜の目鷹の目でさがしまわっていたものだった。いったい、これでいいのかね。あの電子頭脳というやつは、将来、劣等感が必要になったら返してくれるのかな」

「返してくれるものか。神さまは、われわれの苦悩をひきとるだけさ」

二人はのんびりと会話をつづけた。しかし、なおった者たちの頭を時どきかすめることは、劣った半分に判定された者たちのことだった。

「だけど、劣った半分にきまった連中は、どうしているんだろうな」

「ぼくもそのことを考えると、ちょっと気の毒になるね。劣等感に悩まされながら、そう見せまいと、のんびりした顔つきを装うんだから、その努力はさぞ大へんだろう」

「まあ、気にするな。なぐさめてやるわけにもいかないんだから。患者かどうかは、その本人以外には知りようがないんだぜ」

その通りだった。クラブの事務員たちの雑談のように、患者をなぐさめる方法はなかった。しかし、劣った半分の者も、しだいになおりつつあったのだ。

それはマール会長のおかげだった。会長は熱心に働きつづけていた。彼の活躍ぶりは、時には本当の救世主のようにも見えた。装置の正確さを保つために、つねに新しくデーターを集めて、電子頭脳に入れかえていた。そのたびに古いデーターは捨てられていたのだ。

スクリーンに出る標準人間の顔つきは、ますますのんびりとしていった。そのため、はじめのうちは劣った半分に判定された連中も、何回かかようちに、標準人間を追い抜くのだった。そして、標準人間を追い抜いた途端に、向上への努力をやめるのだった。標準人間の顔つきは、それによって、時とともに、のんびりの度合いを増した。

もう、こうなると、のんびりと言うより、ぼんやりといったほうが良かった。もちろん、だれの顔も標準人間と大差なくなっていた。

マール会長の手によって輸出された電子頭脳は、世界中に行きわたり、どこの国民もみなその洗礼を受けていた。マール氏は、しばらくは救世主のように思われていた。しかし、また、しばらくすると忘れ去られた。救世主は、世を救ってしまえば用はないのだった。それに、大衆のぼんやりした頭には、そんなことを考える能力がなくなったからかも知れなかった。

一時はあれほど混雑した幸福検定クラブも、いまはまったく患者が来なくなった。マール会長は、しばらくぶりで、幸福検定クラブにあらわれた。アラスカのエスキモーのために一台備えつけに行き、それからアマゾンの奥地に旅行して、そこにも設備を完成してきたのだった。もう、世界じゅう行きわたらないところはなくなっていた。

会長がクラブに現れても、だれも出迎える者はいなかった。二人の事務員は机にむかって居眠りをしていた。しかし、彼は事務員たちを起そうともせず、治療室にはいった。そして、スクリーンの前に立った。

「もう大丈夫だろう」

彼は小声でつぶやきながら、ダイヤルを合せはじめた。彼のポケットには、預金通帳がはいっていた。その右下の金額は想像もつかない数字になっていた。それに、世の中の人間は、すべてぼんやりした人間になっている。これからスクリーンにあらわれる標準人間が、彼よりはるかに低級であることには間違いはなかった。彼は、その標準人間を相手に、思い切り優越感を味わってやるつもりだった。そのためにこそ、今日まで装置との対面をのばしていたのだった。

彼は今日まで心のなかで暴れまわるままにさせておいた劣等感を、むしろ、いとおしく味わいながらダイヤルを合せた。

標準人間がスクリーンに浮かびでた。およそ気のきかない様子をしていた。話しかけても、低級きわまる答えをぼそぼそとくり返すだけだった。マール氏はそれにむかってつぎつぎと話しかけ、思いきり、からかった。しかし、予期した手ごたえはなく、なんかもの足りなかった。

標準人間は、からかわれようと、軽蔑(けいべつ)されようと、なんの反応も示さなかった。それはすべての人びとから、そのようなことをいやがる感情が、ことごとく失われていることを示していた。

マール氏は、はじめてこのことに気づき、あらゆる人からとりのこされてしまったことを知り、たとえようもない孤独感を味わった。

タイムボックス

「やあ、よく来てくれました。いそがしいところを呼んだりして、悪かったかな」

エフ博士は研究室にたずねてきたアール氏に対し、椅子をすすめながら、こう言った。

「いや、わたしは昼間はそういそがしくありませんよ。ところで、さっきの電話では、先生がタイムマシンを完成なさったそうで。このところ、しばらくわたしの店においでにならないから、ご病気かと心配しておりましたが、そんな研究をなさっていたとは、少しも知りませんでした」

「ひと口に言えば、タイムマシンの完成ですが、正確に言えば、タイムマシンでもなければ、完成でもありません。名前をつけるとしたら、むしろタイムボックスとでも呼んだほうがいいかもしれません」

「タイムボックスとは、またあまり聞きなれない言葉ですな」

アール氏は首をかしげながら、にっこりと笑った。このアール氏はバー兼もぐりの賭博クラブを経営している。もっとも、賭博クラブといっても、映画などにでてくるような大がかりなものではなく、バーにくる常連たちのうち賭博の好きな者を集め、別室で金をかけてダイスをころがすといった程度のものであった。

エフ博士はその会員であったし、また二人は妙にうまがあったので、このように個人的なつきあいも行なわれていた。

「いま実物をお目にかけましょう。その原理について、数式をごちゃごちゃ書き並べて説明したいところですが、それはやめておきましょう。あなたにあくびを連発させるばかりでしょうし、一部分はわたしにもわからない点が残っています。それより、早いところ効果を直接に見てもらったほうがいい。ちょっと待って下さい」

博士は研究室の片すみにいって、箱をかかえてもどってきた。そして、それをそっと机の上に置いた。銀色をしたその四角な金属製の箱には、ふたはついていなかったが、まわりにはコイルだの、ダイヤルだのが複雑にとりつけられてあった。

アール氏は椅子にかけたまま首をのばし、なかをのぞきこんでみたが、なかはからっぽで、なにも入っていなかった。

「なるほど。タイムボックスというだけあって、箱の一種のようですな。だが、このなかになにを入れようというのです」

ここで、エフ博士は苦笑いをした。

「そこですよ、問題は。どうもわたしには、アイデアを思いつくと、前後を考えずに熱中する性質があります。このタイムボックスも、相当な研究費をかけてここまでこぎつけたものの、さて、なにを入れたらいいかとなって、はたと困りました。どうも、いい利用法が思いつきません。そこで、あなたなら世の中のことにくわしいから、なにかいい利用法を考え出してくれるだろうと気がつきました。きょうお呼びしたのは、そのためです」

「もちろん、わたしにできることでしたら、なんなりと。で、その箱はいったい、どんな働きをするのですか」

「そうそう、それをお知りにならないうちは、なんとも言いようがないわけですね。では、さっそくやってみましょう」

エフ博士は、まず箱の一端から出ているコードを電源につないだ。また、植木鉢を一つ持ってきて、その土のなかに球根のようなものをそっと埋めた。

「いま埋めたのはなんです」

「チューリップの球根です。まあ、見ていて下さい」

こう言いながら、博士は植木鉢をタイムボックスと称する箱のなかに置いた。それから、太陽灯をつけ、光が箱のなかに注ぎこむようにし、ダイヤルをまわした。

金属的な低いうなり声が、部屋のなかにひびいた。

「あ。これはこれは」

アール氏が大声をあげ、ふいに目を大きく見開いたのも無理もなかった。タイムボックスのなかで、強い太陽灯の光をあびていた植木鉢の土が、かすかに動いたかと思うと、そこから緑色の芽が伸び出してきたのだ。

「ひとつ、もっと速度をあげてごらんにいれましょう」

博士はダイヤルをさらにまわした。すると、それに応ずるかのように葉の成長は早くなり、やがて黄色いチューリップの花が開いた。博士はここでダイヤルをもどし、植物の成長をいったん停止させ、黙ったまま見とれているアール氏に話しかけた。

「まあ、こういったぐあいです」

「なるほど、なるほど。すばらしい現象ですな。話に聞くインドの魔術にも、このようなのがあったようですが」

「ええ、おっしゃる通り、じつはヒントをそこから得たのです。インドの行者たちは、これと同じようなことを精神力で行なって見せるわけです。わたしはそれを、電磁場で代用できるのではないか、と思いついたのがはじまりです」

「すごい発明ではありませんか。先生は行者の専有物を、万人に解放することに成功なさったわけですね」

「いや、まだ、そう断言できる状態ではありません。というのは、研究がどうもうまくゆかず、ある晩おたくの店で酒を飲んだあと、酔いにまかせてめちゃめちゃに電線を巻きつけてみたことがありました。つぎの日に動かしてみると、なんと、うまく動くではありませんか。ですから、これを注意ぶかく分解し、設計図を書き終るまでは、完成とは言えないのです」

「しかし、まあ、それなら完成と言ってもいいでしょう。で、この働きはこれで終りですか」

「いや、スイッチを切り換えれば、いまのことをまったく逆にすることもできます。こんどはそれをやってみましょう」

博士は、スイッチを切り換え、ダイヤルをまわした。すると、映画のフィルムを逆に流して映写した時のように、咲いていた花はつぼみとなり、また、葉は小さくちぢまり、やがて土のなかにもどっていった。

箱についているメーターの数字がゼロを示すと、博士はスイッチを切り、土のなかから球根をほり出して見せた。それは、さっき埋める前のものとまったく同じだった。

「妙な装置を発明なさったものですな」

アール氏は狐につままれたような顔つきになり、エフ博士は苦笑いの表情にもどった。

「たしかにこれは、いままでに、だれも作らなかった装置でしょう。だが、これをどう利用するかとなると、なにも思い浮かびません。設計図を書く気にもならないのです」

「しかし、これだけの働きを持っているのですから……」

「もちろん、子供の教育用オモチャとしての役には立つでしょうが、費用がかかって、一般に普及するとは思えません。植物の促成栽培なら植物ホルモンを使ったほうが経済的ですし、原子炉のカスの放射能半減期を早めるのも、計算してみると、ロケットで宇宙へ捨てたほうが安あがりです」

アール氏はこの時、思いついたように言った。

「どうでしょう。ウイスキーを古くするのに使ったら……」

「いや、その計算もやってみたが、十年物を作るには結構金がかかって、やはり引きあわない」

「引きあわないことばかりですな。では、国家に買上げてもらったらどうでしょう。

大型のを作って、そのなかに終身刑の囚人を入れたら。これなら人道的でしょう」

「だめだろうな。国民の税金を、そう囚人につぎこむこともできまい」

「こうなったら、先生をインドの行者に仕立て、魔術ショーで世界中を興行してまわりましょうか」

と、アール氏は冗談を言ったが、エフ博士は頭をかかえた。

「とんでもない。そんなことはまっぴらだ。ああ、われながら、まったく情なくなってきた」

「まあ、そう悲観することはありません。これだけの装置なのですから、なにか利用法があるはずですよ」

こう言ってなぐさめながら、アール氏はタバコを吸おうと思って、ポケットに手を入れた。その時、指先にさわったものがあった。

「あ、いい方法を思いつきましたよ。これなら絶対です。そのタイムボックスのなかで、これをころがしてみてください」

と、アール氏の出した手のひらの上には、ダイスが一つ乗っていた。エフ博士はそれを眺め、ふしぎそうに言った。

「そのダイスを……」

「ええ、そうです。その装置のなかには未来が現出するわけでしょう。だから、そのなかでダイスをころがせば、このダイスが未来にどの目を出す運命を持っているかがわかるわけです。それを知ることができれば、どんないいことがあるか、先生にもおわかりになるでしょう」

「うむ。その順序に賭(か)ければいいわけだな。では、さっそく実験してみよう」

博士は、簡単なしかけを箱のなかにとりつけ、ダイスをころがすことができるようにした。二人はのぞきこみ、ダイヤルを回したりとめたりしながら、つぎつぎと出るダイスの目を記録にとった。それを十回ばかりつづけ、それからスイッチを切り換え、ダイヤルをもとにもどし、ダイスを取りだした。

アール氏はそれを手のひらにのせ、感嘆したようにつぶやいた。

「このダイスの、これから出る目を、われわれが知っているとは……」

「だが、念のために、もう一回ためしてみるとしよう」

エフ博士は今の実験をたしかめるため、もう一回、同じことをくりかえした。だが、ダイスはころがりながら、さっき記録した通りの順で目を出しつづけた。

「これで安心です。これを使えば負けることはありません。今晩、ぜひわたしの店においで下さい。もっとも、わたしとやったのでは意味がありません。わたしが適当な人を紹介しますから、そのお客と一対一の勝負をするのですよ。その時にわたしがこのダイスを出しましょう」

「うむ。そうしよう。これなら研究費の回収もまもなくでき、さらに大金持ちになれる。だが、あまり勝ちつづけると相手は怪しむだろうな」

二人が話しあいながら、ダイスを見つめていたが、十何回目かになった時、思わず顔を見あわせた。

ころがっていたダイスが、ふいにまっ二つに割れてしまったのだ。

「これは……」

「おそらく、ダイスが割れる運命を持っているのでしょう。きっと、不審を抱いた相手が調べようとして、ハンマーでダイスを割るといったことになるのかもしれません」

「なるほど、考えられる事件だな」

「しかし、割ってみたところで、しかけがあるわけではありませんから、問題にはなりませんよ」

博士はうなずき、スイッチを切りかえ、ダイヤルをまわした。そして、ひび一つないものにもどったダイスをつまみあげた。

「では、よろしくたのむ」

その夜はすべてうまくいった。ダイスは予定された通りの目を出しつづけ、エフ博士は勝ちつづけ、相手となったカモは負けつづけた。

だが、予定されていると思われた、いざこざは起らなかった。紳士的な相手はダイスを怪しむことなく、

「どうも、きょうはまったくついていない。これでやめるとしよう」

と引きあげてしまったのだ。そのため、ダイスは割られるに至らなかった。

つぎの日、アール氏は博士の研究室にいくつものダイスを持ちこんできた。

「先生。うまくいきましたね。ひとつ、きょうはこのダイスをみな調べて下さい。わたしにももうけさせて下さいよ」

「それはいいが、わたしはきのうのダイスがまだ割れないのが、どうもふしぎだ。このままそっとしておけば、割れることはないはずだが」

エフ博士はきのう使ったダイスを眺めながら、ぶつぶつ言った。

「そんな研究はあとまわしにして下さい。金もうけのほうが大切ですよ」

「うむ」

エフ博士はコードを電源につないだ。そのとたん、タイムボックスはきのうとちがった調子の音をたてはじめた。

「おかしい。身をかくせ」

二人が机の下にかくれるやいなや、装置はばらばらに分解し、勢いよく飛び散った部分品の一つは、問題のダイスに当って、まっ二つに割った。

景　品

部屋の片すみにある銀色の機械は、時どきカチカチと音をたて、なにかをつぶやいているようなようすだった。それは思い出し笑いのようにも聞こえるかもしれない。

「あの面白くもない機械のやつめ」

この家の主人、ラーム氏は長椅子(ながいす)にねそべりながら、小声で言った。だが、この機械はラーム氏のために危険な存在ではなかった。いや、むしろラーム家のためには、大いに役立っている。ラーム家のみならず、いまやあらゆる家庭の経済を維持する、なくてはならない装置なのだ。

だが、ラーム氏はこの機械をどうも好きになれなかった。この機械と妻との連合によって、自分が完全に制圧されているような気がするのだ。おれは時代おくれなのかな。ふと、彼はそうも考える。

現代の家庭生活に、絶対に必要な装置。女の子たちは学校でこの操作を習い、結婚すると、これといっしょに家庭にのりこんでくる。この機械のメーカーは、これを買

いあげた人に、結婚衣装をサービスするということも、だいぶ前からやっているのだ。

ラーム氏が機械から目をそらした時、彼の妻がスーパー・マーケットで買物をして帰ってきた。

「ただいま。いろんな物を買ってきたわ」

と、にこにこして言った。女は買物をする時がいちばん楽しいそうだが、この機械はその楽しみを延長する働きを持っている。

「なにを買ったんだ」

ラーム氏はねそべったまま聞いた。

「化粧品をいろいろと、冷凍肉と、栄養剤。それにキャンデーも。ほら、サービス券がこんなに」

妻は色とりどりの、各社のサービス券を、トランプのように手で持って、踊るような足どりで機械に近づいた。そして、そのカードを、各所にある穴に、なれた手つきでつぎつぎとさしこんだ。

仕事を与えられ、機械は歯車の音を忙しげにひびかせた。この装置は各社で出しているサービス券を、正確に整理、分類し、報告する機械なのだ。

「F冷凍食品の券は、あと五枚で百枚になります。もう少しです」

機械はCMソングの伴奏で、歌うようにしゃべった。

「ほんとに便利ね、この機械は。この機械がなかったら、たいへんな損害でしょうね」

妻は楽しそうにつぶやき、つぎのサービス券を機械に食べさせた。リンリンと涼しげなベルの音がした。

「あら、M化粧品の券が一杯になったわ。なにをもらいましょうか」

妻はボタンを二つ三つ、軽く押し、機械はその答を言った。

「電子乾燥機……豪華花瓶……三泊旅行」

「乾燥機はあるし。ねえ、久しぶりに旅行にいかない。あなた、このごろ少し沈んでるじゃないの。休みをとって、旅行にでかけるのがいいわ」

「そんなことより、いっそ棺桶(かんおけ)でももらうか」

だが、ラーム氏のつぶやきは、低すぎて妻の耳には入らなかった。

「なにがいいかしら。あなたがいつか言ってた猟銃はどう。それとも、ペルシャネコでももらおうかしら。なんでも、ただでもらえるんだから、すてきじゃない。サービス券を一枚もむだにしないで役立たせてくれる、この機械のおかげよ。あなたの寝ころんでいる長椅子をはじめ、この家のあらゆる物は、この機械がただで手に入れてくれたのよ。すばらしい装置だわ」

彼女はハンケチを出し、機械のあちこちを愛撫(あいぶ)するようにぬぐった。ラーム氏は、ねそべったまま、また目を閉じた。

しばらくして開かれたラーム氏の目には、なにかの決意がひらめいていた。彼は身をおこし、はっきりした口調で言った。

「おれの欲しい物があった」

「それはなによ」

「ヘミングウェイ全集だ」

「どんなものなの、それは」

「本だ。むかし読んだ本だが、このごろもう一度読みたくなったんだ」

「じゃあ、機械に聞いてみるから、ちょっと待ってね」

妻はいくつかのボタンを押した。このボタンは、どう押せばどうなるのか、ラーム氏には複雑すぎてわからなかった。すべて妻を通じてでなくてはだめなのだ。カチカチいう音がつづいて、機械が答えはじめた。

「それはZ製菓のサービス品に入っております。Z製菓のキャンデーをあと五箱、あるいはココアを三缶お買いになれば手に入ります」

「お聞きになったでしょ。もうすぐよ」

だが、ラーム氏は断固として主張した。

「いや、おれはすぐに読みたいんだ」

「しょうがないのね。じゃあ、もう一度スーパー・マーケットに行ってくるわ。ココアなら、どうせ使うものだから、同じことだわ」

機械のそばをはなれ、出かけようとした妻に、ラーム氏は声を高めた。

「まて、よけいなことはするな。おれはヘミングウェイを読みたくなったが、キャンデーの景品としてもらって読みたくはないんだ。これから買いに行く」

「なんでそんなことを言い出すのよ。買い物なら、あたしに任せておけばいいのよ。世の中は、このしくみでうまくいっているんだから、そんな物をわざわざ買いに行くことはないわ。それに、本屋なんてないじゃないの。雑誌や週刊誌はマーケットにあるけど、本は景品としてしか手に入らないのよ」

立ち上ったラーム氏は、服を着かえながら叫んだ。

「うるさい。おれはこのからくりが、どうも面白くないのだ。本が食い物や雑貨の景品としてでないと手に入らないなんて。だが、景品として存在するからには、どこかで作っているはずだ。そこに行って、金さえ出せば手に入るはずだ。おれは、それをやってみないと気がすまない」

ラーム氏は電話帳をめくって調べて、

「まあ、強情だこと」

という妻の声をあとに、ドアから出ていった。

「みろ、これを」

家に帰ってきたラーム氏は、意気揚々と手にかかえてきた物をおろした。ヘミングウェイ全集だった。

「やっと、思いがかなったというわけね」

「そうだ。胸がすうっとした。なにか欺瞞にみちた世の中に、一発くらわせてやったんだから」

「すぐに売ってくれたの」

「いや。テレビでごぞんじのように、サービス券さえあれば、ただで手に入りますのに、と不審そうな顔をしやがった。おたくでは、キャンデーを召しあがらないのですか、と言いたげなようすで」

「それで、なんと言ったの」

「そこでおれは、そんなことは知っている、だが、景品としてでなく、この本を買いたいんだ、と言った。すると、係の老人はすごく喜んでくれた。そして、いまどきそんな方がいるとは知りませんでした、ただでさしあげましょう、とまで言った」

「よかったわね」

「ところが、おれはあくまで金を払う、とがんばったんだ。だが、老人は気の毒そうな表情で、製菓会社との契約で、景品として以外に売る時には、とても割高にしなければならないのです、と教えてくれた。しかし、問題は値段じゃない。おれはそれを買った」

ラーム氏の言った値段を聞いて、妻はとびあがった。

「そんな高いお金を払うなんて」

「仕方がない。おれはしたいことをしたのだ。おれの道楽と思ってあきらめてくれ。それにしても、まったくいい気持ちだ。あの老人は、おれの住所まで聞いた。きっと、よほど感激したにちがいない。では、読みはじめるとするか」

ラーム氏は、久しぶりに快心の笑い声をたてた。その時、玄関に声がしたので、妻はその応対に立った。

「どなた」

「さきほど、ヘミングウェイ全集をお買いになったのは、こちらですね」

「はい、だけど、どんなご用で……」

「出版社から連絡があって、これを景品としてとどけてくれと、たのまれました」

そして、そこにつみあげられたのは、色とりどりの山のようなキャンデー。

窓

十八歳の女性。肌は初夏の朝の草花のようにしっとりとしていた。期待にあふれている瞳。黒エナメルの細い雨のような髪。手鏡のなかの彼女は若々しかった。もちろん、その鏡を手に持ってのぞきこんでいる彼女自身も、まったく同じに若々しかった。表情も、頭も、心のすみずみまで……。

夜おそくベッドに入る前、長い時間をかけて髪にブラシを当てるのが、彼女の習慣となっていた。習慣というより、努力と呼んだほうがよかった。手入れを怠ったために、せっかくの機会を逃すようなことがあってはならないのだ。機会というものは虹に似ている。いつ現れるともしれず、また、望んだからといって現れてくれるものでもない。

若いばかりでなく、彼女は自由でもあった。地方の小さな町から都会に出てきて、親類の経営するこのアパートの一室で、ひとりで生活するようになってから、ほぼ一年になる。昼間は洋裁学校にかよい、それが終ってからは、友人たちと演劇のまねごとをやったり、時にはボウリングやスケートをやりにゆく。郷里からの送金は充分にあった。

自由なばかりでなく、楽しくもあった。都会での生活は、キラキラするような刺激をつぎつぎとあたえてくれた。しかし、しだいに慣れてきたためか、このごろはそれが、いくらか薄れかけてきていた。それにもかかわらず、刺激を味わいたい気持ちのほうは、少しも変っていなかった。

彼女はブラシをおき、そばの小型テレビの前に手の鏡をたてかけた。そして、顔を近づけながらつぶやいた。

「あたしはテレビにむいていると思うんだけど。むいているにちがいないわ……」

これも、最近の日課のようなものだった。

テレビへの出演。明るい光をあび、人びとから注目され、羨望(せんぼう)のため息が伝わってくるのを全身で感じとる。きっと、夢のような、すばらしい刺激にみちた世界だろう。

彼女は鏡をどけ、テレビのスイッチを入れた。ブラウン管が光をおび、西部の砂漠を何頭もの馬がかけまわっている光景があらわれてきた。深夜の映画番組なのだろう。

だが、彼女はすぐに、チャンネルをべつな場所に切り換えた。画像はなにもなく、ゆれ動く無数の光の粒ばかり。それと、空気のなかをなにかが飛びまわっているような、小さな雑音だけだった。

あこがれるような表情で、彼女はそれを見つめた。いつの日かここに、あたしの姿がうつる。その時のことを気のむくままに想像で描き出してみるのだ。これもまた、いつものくせだった。このガラスのむこうに、なんとかして入ってみせる……。

彼女は時のたつのを忘れた。ふと気がつくと、白く輝くその光の霧が、意味ありげに息づいたように思えた。どうしたのかしら。目が疲れたせいだろうか。彼女はまばたきをし、もう一度じっと目をこらした。

画面の奥で人影らしいものが動き、しだいにはっきりと形をとってきた。若い女だった。チカチカする光を見つめていたため自己催眠にでもかかって、あこがれの幻でも見ているのだろうか。だが、さらに鮮明になるにつれ、自分の姿でも、友人のでもないことがわかってきた。

その、だれともわからぬ女は、飾りのない部屋のなかで、芝居らしいことをやっていた。しかも熱演だった。大げさに手を振り、足を動かし、なにかを叫んでいるような動作だった。

彼女は、音量のダイヤルを最大にしてみたが、流れ落ちる滝に似た音が響くだけで、声のほうは聞こえてこなかった。たぶん正規の放送ではなく、試験用の電波かもしれない。新聞の番組表にはのっていないし、夜もおそすぎる。そのうえ、相当する放送局のないチャンネルだった。言葉が聞きとれないため、どんな筋の芝居なのかはわからなかった。

彼女はしばらくそれを眺めていたが、やがて軽蔑したような声でつぶやいた。

「それにしても、たいしたことはない演技だわ。あたしだったら、もっとうまくやれるのに。それに、スタイルも美しさも、あたしのほうがずっと……」

だれもとがめる者がいないので、彼女は思ったままを口にした。そして、スイッチを切り、眠りについた……。

つぎの日。彼女は夕ぐれの道をひとりで歩いていた。すると、うしろから男の声が呼びとめた。

「もしもし……」

ふりむいたが、見知らぬ男だった。

「どなたですの」

「じつは、テレビ関係の者ですが……」

いくつぐらいの年齢なのか、まるでわからない男だった。若いような容貌をしていたが、どことなく老人のような雰囲気をもそなえていた。テレビの仕事にたずさわっていると、このような感じになってしまうのだろうか。

「なにかご用ですの、あたしに」

「ええ。急にこんなことを申しあげるのも失礼と思いますが、テレビに出てごらんになるお気持ちはございませんか」

それを聞いて、彼女は胸がときめいた。ずっと願っていた、逃すことのできないチャンス。退屈さが優勢になってきた日常から、栄光へ飛躍できるエスカレーター。髪にブラシをかけるのを怠らないでいてよかったわ。

彼女は相手の顔色をうかがった。あまり表情がなく、熱もこもっていなかったが、少なくとも、冗談ではなさそうだった。それでも、言葉に気をつけながら聞いてみた。

「それは、気持ちがないこともありませんわ。だけど、あたしにつとまるかしら……」

しかし、謙遜(けんそん)の調子のなかに自信ありげなものがあるのを察したのか、相手は言った。

「ご自分では、どうお考えです」

心の底を見すかすような視線がともなっていた。彼女は顔を赤らめ、それに応じた。

「なんとかできると思うわ」

「では、そのうちご連絡いたしましょう。そちらのおひまな時にでも。住所をお教えいただければ……」

彼女は、相手の気の変るのが、心配になった。この機会を逃したら……。

「いつでもひまよ。これからだってけっこうですわ。そちらのご都合のほうはどうですの」

「わたしのほうも、いつでもかまいません」

「じゃあ、お願いするわ」

だが、相手は、すぐには、うなずかなかった。

「しかし、どなたかにご相談なさってからのほうが……」

「その必要はないわ。自分のことは自分できめるわ。大丈夫よ」

「それでは、これから出かけましょうか」

と相手の男は、少しはなれた所においてあった灰色の自動車を指さした。男は運転席につき、彼女はそのそばにかけ、車は軽く走り出した。

思いがけない幸運にうきうきし、彼女は黙ったままでいられなくなった。

「すてきなんでしょうね、テレビのお仕事って」

「いや。一回、足をふみこむと、なかなか抜けられないものですよ。考えなおされるのでしたら、いまのうちに」

「いいじゃないの。追い出されるのなら心配かもしれないけど、抜け出そうなんて考える必要などないわ」

「そんなにまで、あこがれていらっしゃるのですか」

「ええ。テレビに出られるのなら、どんな犠牲も問題ではないわ」

と、彼女は笑い、男も運転をしながら笑いを含んだ声で言った。

「たのもしい熱意ですね。そんな人でないとつとまりません」

暗くなりかけた大通りを、車はゆっくりと進んでいた。気の早い店では、ネオンの看板を光らせはじめている。

「ここを右へまがるのですが、右折できないのです」

と男は言い、しばらくいった交差点を左に折れ、また細い道を左に、さらにもう一度左にまがった。

やっともとの所へ戻れた……。

だが、彼女にはそこが、さっきの所とどことなくちがっているように思えた。通りがひとつずれたのかしら。夢中になっていて、さっきよく見なかったせいかしら。通りというものは、眺める方角がちがうと、べつな場所のように見えるとかいう話だけど……。

自動車はまたも、この手間のかかる右折をくりかえした。彼女は停留所の名を読もうとしたが、塗りかえ中ででもあるらしく、できなかった。
夕闇が濃くなり、どこを走っているのか見当がつかなくなってしまった。しかし、そとは街であり、家々があった。

車は少し速力をあげ、どこともわからぬ道を不意にまがった。

街の灯がなくなり、窓のそとは暗さだけが支配していた。

「どこですの、ここは」

「もうすぐです」

と男は答え、しばらくして車をとめた。うながされて車をおりた彼女は、そばの大きな建物を見あげて、

「このビルは……」

「テレビのスタジオですよ」

「こんな場所にあるなんて、どこの局かしら」

暗いなかに、建物はさらに黒くそびえていた。

「新しい局です。お気に召さないのでしたら、お宅までお送りいたしますが……」

だが、いまさら帰る気持ちは、彼女におこらなかった。足をふみこめば、望みがかなう場合なのだから。

男について、彼女は玄関のほうに歩いた。想像していたような華やかさはなく、白っぽい光が、ひっそりとした廊下を照らしていた。

男は足音をたてなかったが、彼女の靴は硬い音をあたりに響かせた。

「この部屋です」

男はドアを引いた。まばゆい光が流れ出てきて、なかに入った彼女は、目をならすのにいくらかの時間を費した。だが、なかのようすを知ったとたん、彼女は思わず声をあげた。

「あら、これは……」

きのうの夜、テレビの画面で見たのと同じ部屋だった。

相手はうなずきながら、笑うような声で言った。顔は笑ってはいず、ずっと無表情のままだったが。

「そう。すでに、ご存知でしょう」

「なんなのよ。この部屋は」

「スタジオです。この建物には、同じような部屋がいくつもあります。テレビの亡者を収容するために……」

彼女は顔をしかめながら、

「いやだわ。出してよ、気持ちが悪いわ」

「それはできません。思い止まられるかどうか、何回も念を押しました」

「それなら、自分で出るわ。それから、あなたを訴えることにするわ」

「それもできません。このドアは、わたしには出られますが、ほかの人には通れないようになっています」

「ひどいことをするわね。あなたは、悪魔のような人だわ」

「いや。誤解なさってはいけません。悪魔のような、ではありません。悪魔そのものですから」

「うそよ。悪魔なんてあるはずがないわ。悪ふざけはやめて、早く出してよ」

だが男は、出してくれという話には答えなかった。

「悪魔はありますよ。存在の必要がある限り、存在せざるをえないのです。もっとも、悪魔とお呼びになるか、あるいはべつな現象めいた名をおつけになるかは、ご自由ですが……。しかし、神かくしなどという名は、あまりぴったりしないようですがね」

「存在する必要なんかないわ」

「ありますとも。いやな役をだれかが引きうけなかったら、世の中の運行は停止してしまいます。死刑の執行人、執達吏など。それが必要であるごとく、悪魔もまた必要なのです。わたしだって、好きでやっているわけではありません。いいかげんで消えてしまいたい。しかし、人びとの欲求がそれを許さないのです」

「それはそうかもしれないけど、あたしにどんな関係があるの」

「テレビに出演し、輝かしい栄光をあびる座につける人が出るためには、一方、ブラウン管のかげで朽ちはてる人がなくてはなりません。記念碑を建てるには土台の石が必要です。美しい花にも根が必要です。それなのにだれも土台石や根になりたがらない。その交通整理を行うのがわたしですよ。幸運の女神を存在させるには、犠牲をささげるわたしのような役が必要なのです」

「なんでもいいから、ここから出してよ」

「人びとが幸運の女神の存在を、心のなかから追い払ってくれれば……」

男はこう言いながら、ドアに消えた。

彼女は勢いよくそのあとを追った。だが、厚いドアにぶつかり、はねかえされる結果になった。

男の姿はどこにもなく、彼女のからだに痛みだけがのこった。ドアは押しても開かず、引こうにも取手がついていなかった。

多くのことを試み、そのすべてが失敗に終り、彼女はぐったりとなった。そして、ぼんやりと、部屋のなかを見まわした。飾りらしいものはひとつもなく、コンクリートの壁が取りまいている。だが、その壁には小さな窓がひとつだけあった。

窓といっても厚いすりガラスがはまっていて、割ることはできそうになかった。また、たとえ割れたとしても、抜け出ることのできる大きさではない。

ほかにすることがないので、彼女はそれを見つめていた。しかし、やがてそれが、すき通りはじめたように思えた。

窓のそとに見えたものは、どこかの家の部屋。そして若い女がこちらを見ている。夢見るような、あこがれにみちた目つきで。

「ねえ。助け出してよ」

と彼女は手を振り、声をふりしぼって、大声で叫び、それをくりかえした。助けを求めることのできる唯一(ゆいいつ)の相手だった。だが、それは少しも伝わらなかった。聞こえないのかしら……。

彼女はその時、きのうの夜、テレビの奥に見た光景をすぐに思い出した。きっと、窓のそとの女はあたしと同じ運命になる。あたしを助けるのが不可能ならば、せめてつぎの犠牲をくいとめなくては。

彼女はそのことを、なんとかして訴え、伝えようとした。しかし、その努力もむなしかったようだった。

窓のそとの女の顔に、軽蔑の表情が浮かんだ。それとともに、口を動かしているのが見えた。声は聞こえてこなかったが、その内容はすぐに知ることができた。

「へたな演技ね。あたしなら……」

適当な方法

大きくて清潔な病院だった。

ある夜おそく、救急車にのせられて、ぐったりとなった青年が運びこまれてきた。宿直の医者はそれを迎え、ひとまず病院のベッドに横たえた。そして、救急車の人たちに質問した。

「どうしたのです」

「道ばたにねそべり、なにかぶつぶつ言っていたそうです。それを発見した者が通報してきたので、救急車が連れにいったわけです。酔いつぶれているのではないでしょうか」

たしかに、青年からは酒のにおいが発散していた。医者もそれをみとめた。

「そのようです。さっそく手当てをし、適切な治療を試みることにいたしましょう。ごくろうさまでした」

「よろしくお願いします」

と、救急車はひきあげていった。医者は酔いをさまさせるべく、何種かの薬を注射した。青年はやがて目を開き、口をきいた。

「ここは病院だな。なぜおれを、こんな所に連れてきた」

「あなたが、酔いつぶれていたからです」

「まったく、よけいなおせっかいだ」

「おせっかいかもしれませんが、無茶な飲み方は、からだのためによくありませんよ。飲むなとは言いませんが、適当な量になさったらどうです」

「もちろん、それくらいは知っている。できれば、飲まずにすませたい」

「ははあ、なにか精神的な原因がおありのようですな。どうです、お話しになってみては。おなおしできるかもしれません」

「なおせるものか。しかし、いちおう話しましょう。要するに、いまの世の中が面白くないんだ」

青年は吐き出すように言い、医者はもっともらしくうなずいた。

「なるほど。問題が世の中とあっては、医者の手には負えませんな。しかし、どこが気にいらないのです。だんだん平穏になって、けっこうなことではありませんか」

「そこなんだ、面白くないのは。いつのまにか世の中が、平凡化の一途をたどりはじめている。だれもかれもが同じような生活をし、同じような考え方をしている。顔つきまで均一化してきたようだ。ちょうど広い野菜畑、養魚場の池、オートメーション工場などのなかにいるような感じだ」

「そんな状態の、どこが気にいりませんか。それで害をうけることはないでしょう」

「いい悪いの問題じゃない。だれもかれも適当に働き、適当に遊んでいる。怠けるわけでもないが、仕事に熱中するわけでもない。はめをはずすことなく、ほどよい遊び方をする。話しあってみると、しごく物わかりがいい。ちょっと気のきいたことは言うが、けたはずれのことは、決して考えようとしない。健全そのものというべきなんだろうな」

「それが時代の傾向というものでしょう」

「だれもかれもが適当に文句を言う。しかし、決して大きな文句は言わない。だが、無茶と思われてもいい。おれは文句を叫ぶぞ」

「なにを言おうというのです」

「こんな世の中のために、おれは不満感で悩んでいる。これというのも国家の責任だ。どうしてくれる」

と、青年は声をはりあげた。医者は肩をすくめながら言った。

「なるほど、たしかに無茶な説ですな」

「ほかの人たちは、こんなことで悩まないのだろうか」

「悩んでいる人もあるでしょう。しかし、適当な方法でそれを解決しているのでしょう」

「適当な方法とやらで、解決をしているやつらはいい。だがおれは酒でも飲んで、酔いつぶれるほかに方法がない。だから、国家はおれに、その酒代を支給すべきなんだ。さもなければ、おれのアル中をなおし、すがすがしい頭になおしてくれるべきだ」

文句を言いつづける青年に、医者は提案した。

「どうでしょう、しばらく入院なさってみては。できるだけの努力はしてみますが」

「してもいい。だが、その入院費は国家が全額を負担すべきだ」

「まあ、そう大声を出さないで、治療のほうを先にすませましょう。治療費の金額が確定しないと、請求しようにも、はじめから問題にされないでしょう」

「それもそうだ。しかし、退院してからは、訴訟をおこしてでも、断固として闘いとってやるぞ。そうとも。とらずにおくものか」

「その意気ですよ。この病院には多くの設備がそなえてあります。きっと、すべてがよくなりますよ」

青年はそのまま入院し、つぎの日から一連の治療をうけた。エレクトロニクス応用とかいう、はじめてみる装置、新しく開発された薬品などが、つぎつぎと試みられた。

そして数日たち、青年は最終的な検査をされた。医者は微妙な曲線の描かれた紙を示しながら、説明した。

「どうです、これがあなたの脳波です。また、こっちは標準の人のものです。ごらんなさい。同じ型になったでしょう。つまり、全快なさったというわけです」

「そういえば、自分でも気分がなごやかになったように思えます」

と、青年は明るい声で答えた。医者も喜ばしいといった表情だった。

「ところで、治療をはじめる前にあなたは、費用を全部国家に請求する、とかおっしゃっていましたが……」

「そうそう、そんなことを口にしたようだ。しかし、よく考えてみると、筋が通らないことかもしれないな。いったい治療費はどれくらいかかったのです」

医者は事務員を呼び、一枚の紙片を持ってこさせた。青年はそれを受けとり、のぞきこんでいたが、やがて、ふしぎそうな口調で聞いた。

「請求書かと思ったら、領収書ではありませんか。どういうわけです。先生にご迷惑をかける気はありませんよ」

「いいんですよ、わたしではありませんから」

「では、だれなんです、払ってくれたのは」

「国家ですよ。じつは、あなたのような患者をなおすために、補助金が出ているのです。また、治療装置も新薬も、無料で病院に配置されたものなのです」

「そうだったのか。少しも知らなかった。国家もなかなか気がきいたことをやる。しかし、先生もひとが悪いな。なぜ最初におっしゃらなかったのです」

と青年は文句を言った。だが、笑いながらで、責めるような感情はこもっていなかった。

「もっともな疑問です。初めのころはわたしたちも、患者にそれを告げていました。しかし、そのためにてこずる場合が多かったのです。言わないことに方針を変えてからは、ずっと順調です」

「なぜでしょうか」

「おれの個性を消してしまうつもりなんだろう、とさわぐのです。なかには、陰謀だなんて叫んだりしてね。つまり、邪推ですよ」

「ありうることですね。世の中には、妙な考え方をするやつがいますからね」

「なにはさておき、健全なからだになれて、おめでとうございます」

「ありがとう」

青年はうれしげに頭をさげ、自分の口笛にあわせた踊るような足どりで、街の人ごみに加わっていった。

運の悪い男

「ああ。おれはなんという、不運な男だろう」

悲しげな声で、K氏はひとりごとをつぶやいていた。彼は四十二歳。厄年にふさわしく、不景気にうちひしがれた表情をしていた。いや、外見ばかりでなく、事実、不景気きわまる状態にあった。

彼は野心的で、同情心があり、良心的で、正義感にも富んでいた。ひとつならまだしも、こう美点がそろうと、ろくなことはない。

新しい事業に手を出して失敗し、また、よせばよいのに友人の保証人になり、よけいな責任をしょいこんだ。そのくせ、借金をふみ倒す知恵の持ちあわせはない。いまや、なにもかも行きづまってしまった。彼はそれを、運の悪いせいだと思っていた。

夕ぐれ近いころ、K氏は小さな家のなかで寝そべり、ぼんやりとしていた。独身ではないのだが、現在はひとり暮しだった。彼の妻はしばらく前に、

「貧乏だけなら、がまんするわ。だけど、返せるあてもなく、ふえる一方の借金の山

には、がまんできないわ」

と、実家に帰ってしまったのだ。もっともな理屈であり、借金の整理がつけば戻ってくることになっていたが、その予想はまったくつけられなかった。少しぐらい働いてみたところで、焼け石に水。といって、悪事を行うには、良心がありすぎる。どうにも、手のつけようがない状態で、寝そべってでもいるほかになかった。

K氏は手を伸ばして安タバコを取り、煙とため息と、つぶやきとを吐いた。

「まあ、ただひとつのなぐさめは、もう、これ以上ひどくならないことだろう。最悪だ。さらに悪くは、なりようがない」

だが、必ずしも、そうではなかった。

玄関のほうで、人のけはいがした。どうせ、借金取りだろう。ほかに訪問客のあるはずがない。良心的なだけに、K氏は借金の言いわけが苦手だった。しかも、利子を払わずに、またも返済を延期してもらわなければならないのだ。

顔をしかめ、頭を抱えていると、客は勝手にあがりこんできた。それを見たK氏は、身をおこし、ふしぎそうに聞いた。

「どなたですか」

すると、カバンをさげた見知らぬ男が答えた。

「だれでもいい」

「とおっしゃられても……」

「おとなしくしていれば、なにも手荒なことはしない。だが、声をあげたりすると、ただではすまない。おれは強盗だ」

そして、ポケットから拳銃らしいものを出そうとした。最悪のはずだったのが、さらに悪化し、K氏は思わず笑い声をあげた。

「ばかばかしい」

たちまち、宣言どおり拳銃が使われた。もっとも、オモチャであるため、音や弾丸は出なかった。しかし、本物そっくりの重量があった。それで頭をなぐられ、K氏は低いうめき声をあげ、気を失った。

強盗は彼を見おろして、

「そそっかしい男だな。金を手に入れるつもりで、ここに入ってきたのではない。おれの仕事は、もっと計画的だ。強盗は、いますませてきたところだ……」

と、持ってきたカバンをたたいた。なかには大金が入っている。この近くにある、小さな郵便局の閉店時刻をみはからい、てぎわよくおどし取った金だ。

もちろん、引きあげるとすぐ警察へ電話され、あたりに警戒網が張られるにきまっている。強盗はその対策として、ここの家にねらいをつけておいた。ひとり暮しで、あまり近所づきあいがない。一時的なかくれ家として、手ごろに思えたのだ。

強盗はK氏の顔をのぞきこんだ。

「うむ。よく見ると、おれにとって運のいい顔をしている。顔つきが、おれにいくらか似ているではないか。こいつになりすまして、ゆうゆうと引きあげることにしよう」

強盗は服をはぎとり、自分が着た。ぐったりしたK氏のからだのほうは、押入れのなかにつっこんでしまった。

これでしばらく、あたりの静まるのを待てばいい。

その時、玄関の開く音がした。強盗はいささかあわてた。警官が調べに来たのだろうか。だが、声は若い男のものだった。

「こんにちは。酒屋です。集金に……」

それを聞いてほっとはしたが、応対をしないわけにはいかない。黙っていると、のぞきこんでくるかもしれない。引っぱたいて、また気を失わせることもできるが、それをやると、店員の帰りのおそいのに不審をいだいて、酒屋の主人が出かけてくる恐れもある。

この際は機先を制して、軽く追払うのがいいようだ。強盗は立ちあがり、玄関に出た。なるべく暗がりに身を寄せて言った。

「いくらだ」

「はい。ええと……」

店員は金額を言った。

「よし、持っていってくれ」

強盗は手にしてきた紙幣を三枚さし出した。かくれ家の使用料と思えば、いたしかたない。店員はそれを受け取りながら、

「お声が変ですね。どうかなさいましたか」

「ああ。のどを痛めた。かぜらしい」

「それはいけませんね。……で、ご注文はなにか」

「ない。のどに酒はよくないようだ」

「そうですね。……では、まいど……」

と店員はなっとくしたようすで帰っていった。

一難をなんとか切り抜け、座敷に戻ってほっとしたとたん、またもだれかがやって

きた。

「ごめんください」

しかし、強盗はいまの応対で、いくらか自信をつけていた。いよいよとなれば、なんとかなるものだ。

「はい」

と、あたりさわりのない返事をした。相手は体格のいい男で、名刺を出しかけている。初対面の客なら、なおのことつごうがいい。

「じつは、こういう者でございますが」

という言葉とともに出された名刺には、金融会社の名が刷ってある。強盗はそれを眺めながら言う。

「それで、どんなご用でしょう」

「おとぼけになってはこまりますよ、Kさん。冗談はよして下さい」

男は強硬な口調になった。K氏と認めてくれたのはありがたいが、事情の見当がつかないのは困る。

「ええ、それは……」

「先日のお話だと、きょう、お金を返済していただけるお約束でした」

「そうでしたね」

「そこで、わたしが選ばれてやってきました。払っていただくまでは動きません」

いくらかようすがわかってきて、強盗は複雑な表情になった。貸金の取立てに、金融会社が腕ききを派遣したらしい。見たところ力がありそうだし、こんなのにすわりこまれたら、たまったものではない。

「おどかさないで下さい」

と強盗が苦笑いすると、相手も声をやわらげた。

「あなたも、おどかさないで下さい。とぼけたりなさって、人が悪い。きょうは絶対に大丈夫というお話だったそうではありませんか。じらさないで、早くお願いします。うちあけたところ、すわりこむほうだって、楽じゃありませんからね」

おとなしく帰ってもらうには、金を払う以外になさそうだった。だが、いくら払えばいいのだろう。

「もちろん、用意してあります。しかし、証文をかえしていただかないと……」

「ごもっともです」

と、相手はポケットから借用証書を出して示した。その金額の部分にすばやく目を走らせ、強盗はきもをつぶした。

いま奪ってきた金でたりるかどうか。

だが、叫び声をあげるわけにはいかなかった。だからといって、それを払ったらもともこもなくなる。彼はオモチャの拳銃で驚かそうと思ったが、服を着かえたときに移し忘れ、手もとになかった。組み伏せるには、相手が強すぎるようだ。

強盗は身を切られるような思いで、カバンをあけ、札束を数えながら相手に渡した。

「さあ、どうぞ」

「たしかに受け取りました。さすがはKさんです。約束をたがえない。では、証書をおかえしします」

と、帰っていった男を見送り、強盗は呆然(ぼうぜん)となった。こんなことは計算になかった。手に握ったばかりの現金が、たちまちのうちに消えてしまうなどとは。

しかし、やがて落ち着いてくると、あることに思い当った。

「そうだ。もしかしたら、返済のための金が、どこかに用意してあるかもしれない。話のようすだと、絶対に払う、と確約していたらしい」

強盗は戸棚をあけ、机の引出しをひっぱり出し、あらゆる箱のふたをはずし、すみずみまでさがした。だが、現金どころか、金目のものさえ、なにひとつ見つからなかった。彼は座敷に腰を下し、腕組みした。

「だめだ。きょう払うというのは、出まかせの言いわけだったようだ」

強盗はK氏を手当てし、気を取り戻させて、金のありかを聞き出そうかとも考えたが、それはやめた。おそらく、むだだろう。また、気がついたとたん、さっきのつづきで叫び出す可能性がある。

強盗は、いまいましい証文を、細かく引き裂いて捨てた。これをとっておいて、あとでK氏に、その金額を請求するわけにもいかない。

いいかげんで、ここを引きあげたほうがよさそうだ。強盗が玄関にむかった時、またまた来客があらわれた。

目つきの鋭い二人の男。捜査してまわっている、私服の刑事にちがいない。びくびくしていると、二人が話しかけてきた。

「Kさんですね」

「ええ」

と、強盗は勢いよくうなずいた。こんどこそ、熱心に芝居をしなければならない。強盗をし、金をなくし、そのうえ逮捕されたのでは、目もあてられない惨状になる。

「Kさんは、例の事件の大切な証人でしたね」

「はい。ありのままに証言するつもりです」

なんの事件だかわからないが、大いに協力的な態度を示しておくに限る。

「本当にそのつもりですか」

と、二人は念を押してきた。

「言うまでもありません」

しかし、二人は顔を見あわせ、うなずきあい、言うことが少しおかしくなってきた。

「その点が、われわれにとって困るのですよ。評判どおり、あなたは妙に正義感が強い。買収には応じそうもない」

「なんのことです」

「あなたは、われわれの仲間の密輸事件についての、情報を知っている。しゃべらないでいただくには、眠ってもらうほかにないようですね」

「どうしようというのです」

「早くいえば、殺すことです」

強盗は驚いた。とんでもないかんちがいをしていたようだ。

「それは困る」

「死ぬのが困るのは、あなた一人。そのおかげで、われわれ全部が助かります。同情はしますが、小の虫を殺して大の虫を助ける、という格言があります。公益のためにはある程度、個人が犠牲になるのもやむをえないと、憲法でも認めているそうです」

と、二人組は低い声でしゃべり、強盗は目を白黒させて首を振った。

「むちゃくちゃな話だ。助けてくれ。殺されるのだけは、かんべんしてくれ。買収には応じる。だいいち、その情報とやらを、おれはなにも知っていないのだ」

「あなたの話こそ、支離滅裂です。だめですよ。もっとも、あなたがKさんでないのなら、問題はべつですが」

「そのとおりだ。人ちがいだ」

「いまになって、そんなことを言っても、まにあいませんよ。さっき、念を押したはずです」

「あの時は、刑事だとばかり思ったからだ」

「どうも、あまりうまい言いわけではありませんね。それを信用するとしても、服装はどうです。われわれも、それほどばかではありません。前もって、あなたの服装を調査しておきました」

「この服は、さっき着かえたばかりだ。本人は、下着だけで、奥の押入れのなかで眠っている」

「ますます、言いわけがおかしくなるのではありませんか。子供のかくれんぼ遊びならともかく、いいとしをして、そんなくだらないことができるはずがないでしょう」

「いや、本当だ。……おい、たのむ、起きて出てくれ」

と、強盗は心からの祈りをこめ、押入れのほうに呼びかけた。だが、みごとに気を失っているK氏には、それが伝わらなかった。

「まあ、見えすいた芝居はおやめなさい。そんな手に乗ってすきを見せるほど、われわれは素人（しろうと）ではありませんよ」

二人は冷たく言い渡した。強盗はあきらめきれず、

「助けてくれ。警官……」

と、叫びかけたが、それはだめだった。二人が飛びつき、口を押えてしまったのだ。しかも、用意してきた麻酔薬をしませた布で。

力の抜けた強盗を、二人組はそとに運び出し、とめておいた自動車につみこんだ。

「これでよし。適当に始末しよう」

だが、夜の道を走り出した自動車は、たちまちのうちに警戒網にひっかかってしまった。二人組は、なんでこう警察の手ぎわがいいのか、信じられない気分だった。

あけ方ちかくなり、K氏は押入れのなかで意識をとりもどした。そして、あたりを見まわして、

「ひどい目にあったものだ。最悪中の最悪だ。なぐられて頭が痛い。部屋は荒された。なけなしの服まで、はぎ取られてしまった。……ああ。おれはなんという、不運な男だろう」

贈り主

静かな海のそばに、無電研究所があった。夏も近い夜明けのころ、そこの高く大きなアンテナが、正体不明の電波をとらえた。

かすかであったが、いちおう言葉は聞きとれた。しかし、言葉になっているとはいうものの、聞いたこともない声の質で、アクセントも大いにおかしかった。感じようによっては、天国からの声とも、地獄からの通信とも思えた。

〈受信できたら、応答して下さい。受信できたら……〉

一定の間隔をおいて、単調に、何度もくりかえされた。夜勤の技師の一人は、装置を操作し、ねむそうな口調でそれに答えた。

〈はい。こちらは研究所です。どうぞ、送信をつづけて下さい〉

すると、相手は呼びかけのくりかえしをやめて、

〈どなたか、責任者とお話がしたい〉

〈あなたは、どなたです。どこから、なんの目的で送信しているのです〉

〈責任者のかたと代って下さい〉

〈どんな用です。いたずらなら、やめて下さい。遭難ならわたしがとりつぎます〉

〈いたずらでも、遭難でもありません。責任者のかたと代って下さい〉

技師は不満そうだったが、

〈では、所長を呼びましょう。そのままお待ち下さい〉

と言い、所長に連絡をとった。

しばらくすると、目をこすりながら、所長がやってきた。そして、技師に聞いた。

「朝っぱらから、大さわぎをして。どうしたというのだ」

「わけのわからない通信です。所長と代ってくれ、とくりかえすので……」

「どこから発信している電波だ」

技師は首をかしげながら、報告した。

「さっそく発信地を調べにかかりましたが、不明です」

「どういうことだ」

「東からとも、西からとも、また北とも南とも、見当がつきません。装置に故障はなく、こんなはずはないのですが」

「それなら、人工衛星からの通信ではないのか」

「宇宙通信用の波長ともちがいます。ふしぎなことに、距離の測定もまったくできません。遠くからとも、近くからとも……」

「奇妙な現象だな。どこかで、特殊の新通信法を完成したのかもしれない。まず、相手と話をしてみよう」

所長は応答をこころみた。

〈わたしが責任者だ。いったい、あなたはだれです〉

〈お答えしてもいいが、そちらに無用の心配を与えたくない。その質問はおやめ下さい〉

〈失礼なことを言う。そんな通信の相手をするわけにはいかない。もう答えないぞ〉

〈お答えにならなくても、けっこうです。こちらで話すことを、お聞き下されば。どうせ、終りまで聞くだけの好奇心はお持ちでしょう。それとも、すぐにスイッチをお切りになりますか〉

さすがに、所長もスイッチに手を伸ばす気にはなれなかった。そして、

〈しゃべるなら、勝手にしゃべってくれ。そのあいだに、発信地をつきとめてしまう〉

〈むだなことは、おやめなさい。あなたがたの科学力では、とても不可能です〉

〈あなたがた、だと……〉

〈そうです。文化も知能も、はるかに進んだ世界です〉

〈世界だと。すると、どこかの惑星か〉

〈ええ。ある惑星です〉

〈それにしても、よく、われわれの言葉を話せるな〉

〈それくらいは、前から調べてあります〉

〈どうやって調べた〉

所長はしきりに質問を重ねた。だが、相手は適当にそれをかわした。

〈そんなことは、どうでもいいでしょう。それより、早いところ、用件をお伝えします〉

〈勝手きわまることだな。だが、聞くだけは聞いてやろう。早く話せ〉

〈じつは、しばらく前から、われわれの住民のあいだで、いまわしい事件がおこり、困っています〉

〈そちらの顔を見られないのは残念だが、ざまを見ろ、とだけ言っておこう〉

もし、相手の顔がそこに見えたら、所長はつばを吐きかねない様子だった。だが、相手は依然として、妙なアクセントの声で話をつづけた。

〈というのは、動物園から巨大で凶暴な動物、そちらの言葉で猛獣とでもいうのでしょうが、それが逃げたのです〉

〈たいした事件とも思えない〉

〈いや、大事件なのです。凶暴であるばかりでなく、少しばかり知能があり、最も困る点は、正視できないほど、姿が醜いことです。われわれ住民のなかには、恐怖のために気を失う者が続出し、混乱状態です〉

〈勝手に混乱したらいいだろう。お手のものの科学力で、つかまえることぐらい出来そうなものだ〉

と、所長は皮肉を言ったが、相手は感じないようだった。

〈もちろん、すぐにつかまえました。しかし、こんな事件が二度とおこらないようにしたいのです〉

〈殺してしまったらいいだろう。それくらいのことが出来ないのか。まさか、不死の生物ではないだろう〉

〈殺すことはできます。しかし、それもかわいそうです〉

〈いやに人道的なことも言うな。だが、そんなことは、そっちで解決すべきことだろう。相談をもちかけられても、われわれには答えようがない〉

〈答えて下さらなくても、けっこうです。最もいい解決法を考えつきました〉

〈なにを言おうとしているのだ。事件がおこった。解決法がある。それなら、通信してくることもないだろう。まだ、なにか言うことがあるのか〉

と、所長は怒ったような声になった。

〈一つだけ、お知らせしたかったのです。猛獣をひとまとめにして、そちらに送ることにしました〉

と、相手は結論を言い、所長は飛びあがって驚いた。

〈なんだと。人道的なことを口にしたかと思うと、とたんに、また勝手なことを言う。その醜い怪物とやらがじゃまだから、送りつけてくるとは。自分の庭のごみを、ひとの庭に捨てるようなものだ。よくも、そんなことを考えつけるな。断わる〉

〈断わるとおっしゃっても、こちらのほうが、はるかに科学力が上です〉

〈けしからん。だが、そう見くびるな。そんな怪物を送りつけてきても、すぐ退治してやる。こちらにだって、それくらいの力はある〉

〈それは、どうぞご自由に。念のために、場所をお知らせしておきます。そこの近くの海岸です。では、これで通信を終ります〉

〈まて。いったい、どこの星だ……〉

所長は大声で聞いたが、もはや相手は答えず、電波もとだえた。彼は青ざめた顔で、技師に命じた。

「いまの話を聞いたろう。どことも知れぬ星から、怪物を送りつけてくるらしい。恐るべきことになる。一刻も早く、各方面に連絡をとってくれ」

「はい。しかし、科学の進んだ星で持てあましている猛獣です。はたして、対策が立てられるでしょうか」

といって、手をこまねいているわけにもいかない。ただちに連絡がなされた。

報告にもとづき、警察と軍隊が召集された。そして、研究所付近の海岸一帯を、警戒区域に指定することにした。

通信の相手の言った通り、海岸に送られてくるかどうかはわからない。だが、全世界に非常線を張ることもできず、いちおう、ここに重点がおかれた。

第一の計画として、住民の避難があげられた。スピーカーをつけた自動車が海岸ぞいに走り、急を告げた。

「もしもし、海水浴をなさっているみなさん。早く逃げて下さい。危険です」

しかし、海浜にいた数人の男女は聞こえないのか、呆然(ぼうぜん)と立ったままだった。警官たちは、近づいて注意をした。

「もしもし、美しいおじょうさん。危いのですよ、ここは」

しかし、数人の男女は、うつろな目をして、波うちぎわを指さした。そこには、見なれない大きな金属製の箱があった。

「いかん。おそかったようだ。やつらは機先を制して、もう送りつけてきたらしい」

と警官たちは叫び、銃をかまえながら、箱に接近した。箱のふたはすでに開き、なかはからだった。

「だめだ、怪物は出てしまった。海に逃げこんだとなると、ひと騒動だぞ」

「この海水浴をしていた連中は、それを見てショックをおこし、記憶を失ったにちがいない。手当てをして、怪物の正体を聞きださなくてはならない」

収容された連中の記憶は、なかなか戻らなかった。

しかし、やがて、いくらか回復した。そして、みなは口をそろえて、

「わたしたちが気がついた時は、あの箱のなかで、出てみると、海岸でした」

と答えた。

とすると、送りつけてきた醜い怪物とは、人間のことだったのだろうか。それにしても、どこから、なぜ……。

記憶を取り戻させる治療は、さらに、あらゆる方法をもって試みられた。だが、箱

に入れられる以前のことは、贈り主たちの手により、なんらかの方法で完全に記憶を消されてしまったらしく、どうにも知りようがなかった。

もっとも、治療の結果か、偶然なのかはわからなかったが、そのうち、彼らの一人から、こんな一言を聞きだすことができた。

「わたしたちは、檻のなかで生活させられていたような気がします。……すると、わたしたちは過去へと送られてきたらしい」

「どうして、そう結論を下せるのです」

「なぜなら、わたしたちが、こんなふうにあつかわれていた記憶があるのです。一万年ほどむかしに栄えた古代生物。かつて、心ない者の手で狩りたてられ、いまや絶滅寸前にある……」

タバコ

元日の朝。ケイ氏は寝床のなかで目をさました。隣家の庭あたりで、羽根をつく音が単調にひびいていた。新しい年の陽が、窓から美しくさしこんでいた。茶の間のほうで、彼の妻の声がした。

「あなた、そろそろお起きになったら、お雑煮もできたわ」

「ああ……」

彼はあくびとも返事ともつかない声を出し、いつもの習慣で、手を伸ばして枕(まくら)もとをさぐろうとした。しかし、すぐに昨夜のことを思い出し、その手をひっこめた。

昨夜、年越しのテレビ番組を眺めながら、ケイ氏は一大決心を実行しようと試みた。元日からは禁煙をしよう。タバコぐらい無意味なものはない。肺や心臓に悪いそうだし、火事のもとにもなる。彼は妻にその決心を表明した。

「おれは元日から禁煙する」

「無理することはないわよ。とくにお金に困るわけでもないし、からだに悪いほど大量に吸ってもいないじゃないの」

妻はあまり相手にしなかったが、ケイ氏は大声で主張した。

「いや、必ず禁煙してみせる。あしたからは吸わない」

そして、眠ったのだ。


しかし、いまや決心が少しぐらついていた。ケイ氏は寝床のなかでぶつぶつ言った。なにも、そう急にやめることはない。禁煙するかしないかは、もう一本吸いながら改めて検討することにしよう。長いあいだつきあってきたタバコに、お別れのキスぐらいしなくては悪い。こんな理屈をこねあげて、彼は自分に言いきかせ、ふたたび手を伸ばした。

だが、手にはなにも触れなかった。彼は身を起こし、激しくまばたきをした。眠る前にあったはずの灰皿、タバコの箱、ライターがなくなっていたのだ。彼は目をこすったが、タバコのないことに変りなかった。また、自分をつねってみると、たしかに痛かった。

ははあ、禁煙を実行させるために、眠っているうちに、どこかにかくしたな。しかし、昨夜の手前もあり、また、元日の朝から妻をどなるのも感心しないことなので、ケイ氏は起きあがり、顔を洗って食卓についた。

食事を終え、年賀状をひとわたり読み、窓ぎわの椅子で新聞を読みはじめるころになると、いったんしりぞいたタバコへの欲求が、じわじわと攻めよせてきた。彼は何度も口ごもった末、ついに言った。

「なあ、昨夜はああ言ったが、一本ぐらいいいだろう」

「一本て、なんのこと。お酒……」

「いや、その、タバコのことさ」

「タバコですって……なによ、それ」

妻はふしぎな顔をした。

「たのむ。吸わせてくれ。きみは良妻だし、拾った財布を夢にしてしまった落語の芝浜とかいう話にヒントを得て、おれのためを思ってしたことだろうがね。タバコを吸うことは罪ではない。決心がぐらついたのは情ないが、吸いたくてならない。出してくれ」

「あれば出すわよ。あたしも元日そうそう、うそはつきたくないわ。だけど、そのタバコとかいうのは、どんな物なの」

「いいかげん芝居はやめてくれ。マッチで火をつけ、吸い、灰皿に捨てる。灰皿までかくしては、来客のあった時に困るぞ」

「マッチはわかるけど、灰皿って……」

妻の表情を眺め、彼は首をかしげた。結婚して数年、かくしごとがあれば大体の察しがつく。しかし、いまの彼女の態度は本心からのように見えた。

ケイ氏は新聞のはじをちぎり、まるめた。それを口にくわえ、台所からマッチを持ってきた。妻はふしぎそうに見つめていたが、彼がそれに火をつけようとするにおよんで、叫び声をあげた。

「どうしたのよ、そんな真似をして。やけどをするわ、危いじゃないの。気はたしかなの」

「それは、おれも言いたい言葉だ。本当にタバコを知らないのか」

「聞いたこともないわ。ロウソクのようなもの……それとも手品の道具……」

「いや、知らないのならいい」

ケイ氏は少し腹をたて、少し混乱して口をつぐんだ。どうもよくわからん。タバコでも吸って気を落ち着け、よく考えてみたいところだが、いまや、そのタバコがないのだ。

彼はゲタをつっかけて、庭におりた。時どき吸殻を庭に投げ捨てていたことを思い出したのだ。それをさがし出し、とりあえず吸うことにしよう。だが、かがみ込み、くまなく歩きまわったが、吸殻を一つも見つけることができなかった。

ケイ氏はついでに台所のほうにまわり、ゴミ箱のふたをあけてみた。しかし、そこにもタバコや灰皿はなかった。妻が捨てたのでもなさそうだった。

また、自分自身で捨てたものでもなさそうだ。ケイ氏はさっきから、もしかしたら、眠っているうちに夢遊状態でおきあがり、自己の決意の命令に従って、タバコや灰皿を始末したのではないか、とも考えていたのだ。しかし、これではその仮定も捨てなければならない。彼は庭にもどって、またひとまわりした。ガラスのかけら一つ見つけることができないまま、あきらめてえんがわの椅子にもどった。

ケイ氏は仕方なく、また新聞をひろげた。いかにも正月らしい、おめでたい記事ばかりで、異常なニュースはべつになかった。彼は新聞をたたみ、目をつぶって居眠りでもしようと試みた。しかし、それも不可能だった。目をつぶると、紫の煙をあげている白いタバコの幻が、魅惑的に浮かび出てくる。人さし指と中指とのあいだが、むずむずした。

「よし、そのへんまで、ちょっと出かけてくる。タバコを買ってくる」

ケイ氏は勢いよく立ちあがった。

「タバコって、そのへんで売っているの……」

妻のけげんそうな声にかまわず、彼はオーバーをひっかけ、通りへ出た。明るい和服の娘や、新しい服の青年たちが、のんびりと歩いている。べつに大事件がおこったわけでもなさそうだ。まあいい、タバコさえ買えれば、なにごとも丸くおさまる。いつもの、そこの店で……。

ケイ氏はあやうく悲鳴をあげそうになった。いつも買うタバコ屋がなくなっていたのだ。いや、店そのものはなくなっていなかった。元日だから、戸をしめて休んでいるのもわかる。しかし、きのうまであったタバコ屋を示す看板が消えているのだ。大みそかを期して廃業とは……。

だが、考えられないこととは言えない。借金がついに返済できず、店じまいをしたのかもしれない。ケイ氏は指でくちびるをこすりながら、少し先の駅まで足をのばすことにした。駅には売店がある。駅の売店なら元日も休まないことを知っていた。

その途中、彼はまた顔をしかめた。もう一軒のタバコ屋も店じまいらしかったのだ。看板もなく、どこにもタバコの夕の字さえ書かれていない。

タバコ組合のストなのだろうか。利潤を多くしてくれとか要求して。それなら、買いだめをしておけばよかった。しかし、すぐにおさまるだろう。消費者がだまってはいまい。こんなことを考えながら、ケイ氏は駅についた。

売店に近づき、金を出しながら彼は息をのみ、思わずあとずさりをした。タバコがない、タバコの箱が並べられていないのだ。

ケイ氏は少しはなれた所で立ちどまり、ひたいを手で押えた。頭がおかしいのは妻ではなく自分のようだ。売店に寄ってタバコについて、くどくど説明したら、精神病院に連れて行かれる羽目になるかもしれない。しかし、それにしても、タバコが一夜にして消えてしまうとは……。

彼は横目で売店のようすを、そっと観察した。いまにだれかが文句をつけ、ひとさわぎ起こるにちがいない。その時、こっちも参加すればいいのだ。だが、しばらく待ったが、だれもかれも平穏のうちに売店に寄り、平穏のうちにはなれてゆく。

ケイ氏はあたりを見まわした。しかし、タバコを吸っている者は一人もいなかった。また、いつもは通路におかれている、ぶかっこうな大きい灰皿もなくなっていた。なんということだ。彼はタバコのことを思い、悲しくさえなってきた。

彼は自宅へ帰ることにした。念のために別の道を通ってみたが、同じことだった。一軒のパチンコ屋が開いていたが、あまり期待をかけなかった。案の定、景品の棚にはタバコだけがなかった。

タバコを手に入れることを、あきらめなくてはならなそうだとは知ったが、吸いたいという欲求が消えたわけではなかった。かえって、その欲求が高まる一方だった。ケイ氏は歩きながら、きょろきょろと道の上に目を走らせた。どんな短い吸殻でもいい。ひとつまみのパイプタバコでもいい。しかし、残念なことになにもなかった。

「おかえりなさい。買えた……」

妻が出むかえたが、ケイ氏は、

「だめだ」

と、ふきげんな声で答え、自分の室にとじこもった。タバコを吸いたいという気分は、また一段と強くなっていた。エンピツをかんだぐらいでは、とてもごまかせなかった。ないから、なお吸いたいのかもしれない。彼は足ぶみをし、机をたたき、歯ぎしりをした。くりかえしているうちに、涙のために目がかすんできた。ケイ氏は手の甲で涙をぬぐった。

すると、机のはじにタバコの箱があらわれた。これは狂気の幻影だろうか。だが、手は心のためらいを物ともせず、それをつかみ、一本を口に運んでいた。そのそばにはマッチもあった。

ケイ氏はつづけざまに煙を吐き、やっと人心地になれた。そして、床の上に見なれない薬びんがころがっているのに気がついた。それを拾いあげ、細かい活字を読んでいるうちに、昨夜一大決心とともに妻と一錠ずつ飲んだ、この新薬のことを思い出してきた。

〈……タバコをおやめになりたいかたに、その一助にでもなればと研究した薬です。普通の人がお飲みになると、タバコに関する記憶を一切消してしまいます。また、ニコチン中毒者に対しては、記憶を消すことはできませんが、タバコに関する知覚を麻痺させ、ちょうど色彩に対する色盲のごとき作用をもたらします。作用時間、ほぼ十二時間。薬がきれたら、つぎつぎと服用なさって、禁煙を達成して下さい……〉

ケイ氏はしばらく薬びんを見つめていたが、それをくずかごにほうりこんだ。そして、煙を吐きながら妻に声をかけた。

「おい、タバコがあったぞ」

彼女は当り前のような口調で答えた。

「なによ、そんなことで大声をあげたりして」

初雪

「あなた、朝よ。起きてみない」

と、女の声。ベッドの上の男は眠そうな声でぶつぶつ言った。

「なんだ。うるさいぞ。静かにしておいてくれ。しなければならない仕事など、もうないはずだし、たずねて来るやつもあるはずがない。せっかく楽しい夢を見ていたところだ。どんな夢だと思う。警官隊に追いかけられた夢だ。もう少しでつかまるところだったのに、おまえの声で起こされてしまった。面白くもない……」

男は三十歳ぐらい。美しい眉(まゆ)の下の目を、不満そうにあけた。朝の光がプラスチック製の組立住宅のなかに、明るくさしこんでいる。この組立ては全部、彼がやったのだ。

床には厚いじゅうたんが、むぞうさに広げられ、その上に彼の妻が立っていた。彼よりは十ぐらい年上で、倍ぐらいふとり、あまり美人とは呼びようがなかった。彼はつまらなそうに目をつぶり、柔かい毛布を頭の上に引っぱりながら言った。

「おい。そこの窓のカーテンをあけるなと、言っておいたはずだ。早くしめてくれ。まったく、けさはえらく寒い。このところ、気候がずいぶん不順になりやがった。夕方には暖かかったのが、朝になると急に冷えこんだりする。起こすのなら、暖かくなった昼ごろにしてくれ。おれは眠いんだ。それに、からだもだるい」

だが、彼女は窓のカーテンを引こうともせず、また同じ言葉をくりかえした。

「起きなさいよ。いいことがあるわよ」

「うるさい。いいことなんか、あるものか。なにかを手伝わせようというのだろう。片づけものなら、おまえやれ。……おれはデパートの地階倉庫の係だった。宿直だったあの晩、べつな女を誘えばよかったんだ。だが、おまえを誘い、そのあげく結婚することになってしまった。いいか、おまえは、おれと結婚できたことに感謝しているんだろうな」

このいつもの文句を、彼女はいつものように笑って受け流した。

「それは感謝しているわよ。あなたはいい人だし、浮気はしないし……。だけど、そろそろ起きたら」

「くどいぞ。起きろ起きろと、どうしたんだ」

「雪がつもっているのよ。きれいよ」

男はやにわに飛び起きた。

「なに、雪だと。そうとは知らなかった。それならそうと、なぜ早く知らせない」

彼は窓ぎわにかけより、ガラスごしに外を眺めた。まっ白な雪が、見渡すかぎりひろがっていた。そう深くはつもっていないようだったが、くまなく地面をおおい、清潔に、柔かく、汚れない美しさで……。

男は大きくため息をついた。

「うむ。いいものだな、雪は。雪なんて、すっかり忘れかけていたよ。見つめていると、涙が出てくるようだ」

彼は窓に顔を押しつけた。吐く息が冷たいガラスに当り、白く曇った。そのたびに、彼はパジャマのそででそれをぬぐった。ダイヤモンドの粉のように輝く雪は、朝の陽を強く反射し、目のなかに刺すような痛みを運びこんだ。しかし、彼はまばたきもせずに立ちつづけた。

妻は洋服ダンスをあけ、なにかさがしているようすだったが、やがて、まあたらしいガウンをかかえてきた。

「そんなかっこうではだめよ。寒いから、これを着てちょうだい。あなたはあたしの大事な、かけがえのない人なんだから、かぜでもひかれたら大変だわ」

彼女は無理やりガウンを着せかけた。男は依然として外を眺めつづけ、つぶやいた。

「雪はいいなあ」

子供でもなければ、雪をはじめて見るわけでもないのだが、彼の声と表情は、子供のようなうれしさであふれていた。

妻は部屋のすみで食器類をそろえる音をたてていたが、やがて言った。

「さあ、コーヒーをいれたわ。テーブルを窓ぎわに運びましょうか。そうすれば、そとを眺めながらでも、食事ができるわよ」

男は席についた。そして、かおりのいいコーヒーを飲み、缶詰のキャビアを大きなスプーンですくい、口に運んだ。だが、雪に気をとられ、かおりも味もどうでもいいといった感じだった。彼は雪を見ているうちに、子供のころを思い出した。

「おれはなあ、子供のころにはよく考えたものだったぜ。大人になったら、どんな女の人と結婚することになるのだろう、どんな地位につけるのだろう、とね。しかし、こんな生活をするようになるとはなあ……」

「あたしだって、そんなことを考えた時代があったわよ。だけど、文句を言ってみたって、しょうがないじゃないの。現在を楽しく暮せば、それでいいじゃないの」

「おそるべきものだなあ、女というやつは。どんな場合でも、すぐに現状になれ、満足してしまう。のんきなものだ」

「のんきのほうがいいじゃないの。男の人の考え方のほうが、ずっと変よ」

「いや、男というものはだな、おまえにはわからないのだ。心のどこかで絶えず、大ぜいの部下を使っていくつもの事業を経営するとか、政治家となって自己の理想を実現したいと考えているものだ。できるできないは別として、いつもそれを考えている。それが男の生きがいさ」

「おやりなさいよ。あたし、とめはしないわよ」

「ばかばかしい。いまとなっては、そんな気になれるものか。それができないからこそ、おれがこういらいらしているんだ」

男は食事を終え、ガウンのそで口のあたりをふいた。それから、そばの箱から葉巻を出して口にくわえた。強いかおりの紫の煙が、静かに部屋のなかにひろがっていった。その煙とともに、彼はまた同じことを口にした。

「雪はいいなあ」

彼女はいそいそと食卓の上を片づけた。

「きょうは部屋の整理でもしましょうよ。いらない物やあきた物は捨て、少し家具の配置を変えてみましょうよ。どうしたらいいかしら」

「いまのままでいいじゃないか。そんなことをするくらいなら、横になって本でも読んでいたほうがいい。もっとも、雪を眺めているのにはおよばないがね」

「だけど、あたしたちの家よ。少しでも住みよくしましょうよ」

「ああ、ああ。好きなようにやれよ。そうだ。そのいまいましいカラーテレビなんか捨ててしまったらどうだ。あのぴらぴらしたシャンデリヤもだ。女というやつは現実的なくせに、妙なところが抜けている。わけがわからん」

彼は吐き出すように言い、彼女はちょっと、つまらなそうな顔になった。

「テレビを片づけたら、そのあとに、なにを置いたらいいかしら。ピアノなんかどうかしら」

「わかったよ。こんど手に入れてきてやるよ」

「それから、壁の銃は捨てちゃうわよ。あたし、銃はきらいなの。それに、もう必要ないじゃないの。つまらない物をいつまでもとっておくのは、男だって同じじゃないの」

男は雪を見つめているので争おうともせず、いいかげんな返事をした。

「ああ、いいようにしてくれ」

「そのあとには、絵を飾りましょうよ。女の人を描いたのはいやよ、風景画がいいわ。

小川が流れていて、花の咲いた野原があって、遠くに森のあるようなのがいいわ。それから、カーテンも変えましょうよ。もっと派手なのに」

「ああ、わかったよ。だが、きょうはだめだ。雪どけでぬかるみになってしまう。あしたにでも、手に入れてきてやる。いまは、ゆっくり雪を眺めさせてくれ」

彼はまた窓ぎわに立っていた。葉巻の灰は、じゅうたんの上に散っていた。その葉巻も、そのうち彼の手の指から落ちた。こげくさいにおいがあがりはじめたが、彼は雪景色に気をうばわれ、拾いあげようともしなかった。

陽は高くのぼり、日光が強くなっていった。

「この調子だと、まもなくとけてしまうだろうな」

「でしょうね」

屋根の雪ははやくもとけはじめ、しずくとなってたれていた。

「とけないでくれ、とけないでくれ……」

男は祈るような声でつぶやいた。だが、それは不可能なことだった。暖かくなってゆく日ざしは、目の前にひろがる白さを、容赦なく消しはじめていた。

彼はあらわれた大地から目をそらし、雪の残っている白い部分だけに視線を集中した。しかし、残りはしだいに少なくなり、昼ちかくなると、白さはどこからも消えてしまった。

そして、大地。いつもの、見るのもいやな大地。数カ月まえに突発した核戦争によって、なにもかもがなぎ倒されてしまった、醜い大地だけになってしまった。ビルの破片、灰、骨のかけら。そのほか、かつてなんであったのか見わけのつかないがらくたばかりが、見える限り散らばっている大地。どこをさがしても、だれひとり住んでいない大地。

あしたになったら、彼はまたその上を歩いて、生き残った自分たち二人のために、食料や品物を取りに行かなければならないのだ。かつてのなつかしい勤め先、デパートの地階の倉庫のなかに……。

彼は窓のカーテンを引き、またベッドにもぐりこんだ。

救　助

〈前方に小さな惑星を見つけました。さらに接近をつづけます。わたしの現在の位置は……〉

K操縦士は小型ロケットを進めながら、基地へこのような無電を打った。彼は宇宙救助隊に属していた。事故や遭難のしらせを受けると、ただ一人でロケットに乗りこみ、救助にむかうのが任務だった。だが今回は、しばらく前にこのあたりで消息を絶った、ロケットの捜索を命ぜられていた。

基地からの返電がはいってきた。

〈よし。近づいて調べてみてくれ。大気の条件はどうだ。その星に不時着をしていたとしても、酸素がなかったら手おくれかもしれない〉

ロケットの速力を落し、その惑星のまわりを飛びながら、K操縦士は地上を観察した。

〈たいした星ではありません。灰色っぽい岩ばかりの星です。しかし、ところどころ

に植物の群落のようなものが認められますから、酸素や水はあるのでしょう。あ、あれは……〉

〈どうした。なにか見つかったか〉

　基地からの呼びかけに対し、彼は高度を下げながら報告した。

〈煙です。遭難者はまだ生存しているようです。いま、望遠鏡の倍率をあげます。あ、たき火の煙です。そばに五十歳ぐらいの男がいます。では、わたしはこれから着陸し、彼を収容して帰途につきます〉

〈そうか。生存者があってよかった。よろしくたのむ〉

〈わかりました〉

　K操縦士は、煙から少しはなれた地点にロケットを着陸させた。だが、外におりた時、彼は顔をしかめながら、ぶつぶつひとりごとを口にした。

「まったく、ひどい星だ。弱い日光。単調な灰色の景色。コケよりも少しましな程度の植物。薄い空気。それだけしかない。おれだったら、三日もたたないうちに自殺したくなるだろう。こんな星で、よく生きながらえていたな」

　それから、煙のほうにむかって呼びかけた。

「おおい。助けに来たぞ」

すると、たき火のそばの人影が立ちあがり、答えてきた。

「やあ。ようこそ。まあ、こっちへ来たまえ」

意外に落ち着いた声だった。むこうからかけて来たらよさそうなものだが、とK操縦士はふしぎに思いながら、歩みよった。あるいは足でも負傷しているのかもしれない。

だが、近づいてみると、けがをしているようすもなかった。服はぼろぼろで、ひげも伸びてはいたが、健康そうな表情だった。

「わたしは救助隊のものです。ご安心下さい。もう大丈夫です」

「そうですか。ごくろうさまです」

と相手が言った。K操縦士は、さっきから聞きたかった質問を口にした。

「こんな星で、長い年月、しかも、たった一人でよく生きてこられましたね」

相手の男は妙な表情を浮かべて答えた。

「いや、ここもそう悪い所ではありませんよ」

「そうですかね」

K操縦士も妙な表情を浮かべた。いい点など、どうさがしてもなさそうなのに。それとも、人ごみと騒がしさにみちた地球に対して、皮肉を言っているのだろうか。

「いい星だとも。きれいな泉もある。どうです、からだでも洗いませんか。宇宙の旅では、そんなことはできなかったでしょう」

「それはありがたい。で、その泉は遠いのですか」

「そこです」

と、指さしたのを見て、K操縦士はまばたきをした。泉と呼べないことはないが、それは赤っぽくにごった水のよどんだ、水たまりにすぎなかった。長くここにいると、すき通った水を忘れてしまうのだろうか。

彼がためらっているのを見て、相手の男は言った。

「では、食事はいかがです。すばらしい味ですよ」

そして、コケのような植物の葉を、火にちょっとあぶって差し出した。K操縦士はそれを受けとり、口に入れた。だが、すぐにそれを吐き出した。とても味と言えたものでなく、にがさの塊にすぎなかったのだ。

「どうです。いい味でしょう。ご遠慮なくやってください」

相手の男は、それをうまそうに食べながら、さらにすすめた。K操縦士は手を振り、話題を変えた。

「もう、けっこうです。しかし、ずっと一人でいて、よく退屈なさいませんでしたね。

毎日なにをなさっていたのです」

「昼間は景色を眺めながら散歩をする。花の咲いた野原、静かな森、小川のほとりなどをね。夜になると、訪れてくる美しい女性たちと楽しく話をしたり、歌をうたったり……」

「野原ですって、森や小川ですって。そんなものはないじゃありませんか。それに、女性だなんて。この星には、あなたのほかには人間はいないじゃありませんか」

「それは、きみの眼がどうかしているんだろう」

「どうかしている……」

K操縦士はつぶやき、相手の眼をみつめた。そして、すぐにある結論を得た。たしかに、なにかがどうかしている。だが、どうかしているのはこっちの眼ではなく、この男のほうにちがいない。

いい所のひとかけらもない、単調きわまる星。酸素があり、水があり、植物は食べられるとしても、おれだったら、一人ではとても三日と生きられない。おれでなくても、正気の人間ならば、だれだって……。

しかし、正気でなくなれば、その問題はなくなるのだ。人間はその環境に適合して、なんとか生きてゆく能力を持っている。狂わなければ生きていけない条件におかれたら、狂うことだってあるだろう。

この男がそうなのだ。焦点のさだまらない眼つきでもわかる。こんな星にただ一人で暮していたら、普通ではとても生きられない。幻の景色、幻の泉、幻の味、そして幻の女性を作りあげでもしなかったら。

K操縦士はうなずきながら言った。

「そうかもしれませんね。しかし、地球の女性のほうが、もっといいでしょう。さあ、地球へ帰りましょう」

「なにをいう。地球の女など、足もとにも及ばない」

幻影のなかの女性なら、どんなに美しくもつくれるのだろう。おそらく、地球の現実の女にくらべて、はるかにまさっているにちがいない。操縦士はいくらかうらやましさをおぼえた。

しかし、彼にとっては、この男を基地へ、そして、地球へ連れ帰るのが任務だった。しかも、相手は一種の病人なのだ。あまり逆らわないで、そっと連れてゆかなければならない。彼は相手に調子をあわせることにした。

「その女性たちに、会ってみたいものですね」

すると、相手の男はまじめな表情になり、K操縦士の顔をのぞきこみながら言った。

「もうすぐ、やって来るさ。しかし、きみは疲れているんじゃないのかね。ただ一人で宇宙を飛んでいると、頭が疲れることもある。だが、この星でしばらく休めば、すぐによくなるさ。それに、わたしがついている。きっと、よくしてみせるとも……」

基地の無電係は、不審げなようすで上役に言った。

「どうしたのでしょう。そのご、連絡がまったくなくなりました」

「わけがわからん。なんとかして助けて連れ帰ってくれるといいのだが。あの遭難者は大切な男なのだ。どんな症状の患者でも、たちまちなおしてしまう腕前を持った、神経科の医者なのだから」

繁栄の花

地球とメール星とのあいだで、電波の往復が何回もくりかえされた。その結果、メール星のようすも少しずつわかってきた。地球と同じような型の文明を持っているにもかかわらず、武器とか軍備とかいった、ぶっそうなものをまったく持たない、平和にみちた小さな星らしかった。住民たちは花を育て、ハチを飼ったり、チョウを愛したりして、のんびりと暮していることが判明した。

「あのメール星となら、もっと友好を深めてもいいのではないだろうか」

「ああ。むこうから攻めてくることはなさそうだし、いよいよとなれば、こっちから攻めこみ占領することができる。安心してつきあえる相手とは、こういった連中のことだ」

そして、貿易をしてもいいから使節団を送れ、という通信を送った。

ちょうどそれといれちがいに、メール星から優美な形をした、小型の通信ロケットがとどいた。なかには草花の種子らしいのが一粒。それに手紙がそえられてあった。

〈わたしたちの星は動植物の輸出によって生活しております。そちらとも、お取引きができるといいのですが。サンプルとして、わたしたちの作りあげた品種、草花の種子をお届けします。繁栄の花という名ですが、お気に召すでしょうか。お気に召さないようでしたら、ただちに送りかえして下さい〉

人びとはこれを読み、相談しあった。

「なるほど、植物を輸出している星か。どんな花だか、早く咲かせてみよう」

「だが、注意しなければならない。まさか、人食い花を送ってきたわけでもないだろうが」

種子は植物学の研究所に運ばれ、注意ぶかく育てられた。しかし、べつに人間に害をおよぼすような作用を、持ってはいないようだった。

害どころか、すばらしい点のほうが多かった。いや、すばらしい点ばかりと言えた。いままでの地球上の植物で似たのをあげれば、その大きさや形は盆栽の梅のようだった。だが、梅の花は一時期しか咲かないが、この〝繁栄の花〟はたくさんの花を、一年じゅう景気よく咲かせつづける。それに、花の色。

花の色は一口に言えなかった。なぜなら、季節によって絶えず色を変えるのだから。赤い花が散ったかと思うと、つづいて黄色っぽい花が咲き、青、紫まで、まるで生きている虹とも思えた。さらに、一日のうちでも微妙に色調を変える。

かおりもまた美しかった。朝はすがすがしいにおいを放ち、夕ぐれになると、ほのぼのとした芳香をただよわせる。

「ため息のでるような花だ。さすがに、メール星が輸出品として誇るだけのことはある」

だれもが、花を目にしたとたん、このような声をあげた。そして、自分の家の庭に、部屋に飾りたくなる。

「ところで、これをふやすくふうはないものだろうか」

「それはいかん。メール星が苦心して作りあげた花だ。勝手にふやすことは、商売の徳義上も許されない。まず、相手の了解を得てからにすべきだ」

「そんなひとのいいことを言うな。相手は遠い星だ。いよいよとなったら、涙金ぐらい払ってやればいい。承知しなくたって、相手は軍備のない星だ。こわがることはない」

そこで、研究所では枯らさないように注意をしながら、栽培法の研究がはじめられた。一応は反対した者も、内心では自分も欲しいのだから、強い反対はでなかった。

研究が進むにつれ、研究するほどのことでなかったことがわかった。種子をまけば、すぐに生えてくる。

花は一年じゅう交代で咲きつづけるから、種子は大量にとれる。繁栄の花というだけあって、ふやす方法も簡単だった。

もちろん、種子が大量にとれるとはいっても、はじめのうちは希望者のほうがはるかに多かった。だれがもうけたのかはわからなかったが、高い相場がついて、しだいに大衆の手にも渡りはじめた。

単純な性質の人は、

「さすがに舶来の品種だ。美しい」

と正直に感心し、複雑な人は、

「これにはエキゾチックな美がある」

と、もっともらしく感心した。要するに、だれもが熱狂的に歓迎したのだ。そのうえ、とれた種子をひとに売れば、買った費用を回収して、さらにもうけることもできた。まさに、その名のごとく繁栄の花だった。

大さわぎのうちに、たちまち世界じゅうにひろがっていった。手に入れた者はみな、枯らさないように大切に育てた。

しかし、そのうち、大切にあつかわなくても枯れないことがわかってきた。いや、枯らそうとしても、なかなか枯れない。それどころか、枯らそうとしても決して枯れないのだ。強力な薬品をかけてみても、表面が一種の防水作用を持っているらしく、それを受けつけない。熱や光もある程度以上は、表面で反射されてしまうらしい。もちろん、栄養を与えなければ生長は止まるが、もとに戻したとたん、花が咲き、種子ができはじめる。

これがはっきりした時には、すべてが手おくれになりかけていた。ふえる一方。全部をひっこ抜いて一個所に集め、密閉した倉庫にしまうか、ロケットで宇宙へ捨てればいいのだが、倉庫やロケットを作るのは、明らかに花のふえる速度より劣る。それに、世界じゅうにひろまってしまった今は、全部をひっこ抜くことなど不可能だった。

「これは驚いた。繁り栄えつづけるのは、花のほうだったのだな。とんでもない繁栄だ。このままでは地球上のなにもかも、花で埋まってしまう。どうしたものだろう」

「方法がないわけではあるまい。なぜなら、方法がなかったら、メール星がすでに花だらけで滅亡しているはずだ。除草薬のようなものがあるはずだ。それを買いとろう」

「メール星のねらいはそれだったのか。考えたな」

「心配するな。少しぐらい高くてもかまわない。その除草薬を分析し、同じものを地球で作ればいい」

「しかし、それでは……」

「かまうものか。徳義なんか問題にしていたら、繁栄の花が人類の葬式の花になってしまう。気にするな、相手は平和な連中だ」

その時。宇宙の空間をこえて、メール星の使節団の乗ったロケットがやってきた。それを迎える代表は、どうもぐあいのわるい役割りだった。歓迎はしなくてはならない。サンプルの花を勝手にふやしたことを、うまくごまかさなければならない。弱みをみせるわけにもいかない。しかも、除草薬のサンプルを、うまいこと言って手に入れなければならないのだ。

「いかがでしょう。まえにお届けした繁栄の花のサンプルは、お気に召しましたでしょうか。お気に入らないようでしたら、お返し下さい」

メール星人は、にやにやしながら言った。

「はい。目のさめるような美しさです。それで、じつは、その……少しふやしてみました……」

地球側は冷汗をかいたが、相手は気にもとめないようだった。

「そう恐縮なさることはありません。あれは繁栄の花です。大いにふやして下さい」

「ところで、あの花は丈夫ですね。枯れるようなことはないのですか」

「いや、枯れる場合もありますよ」

「そうでしたか。どんな場合です」

メール星人は、さらににやにやして言った。

「それをロケットにつんできました」

「サンプルをいただけませんか」

「いいですとも」

地球側はほっとした。除草薬だろうか、それとも特殊な光線の発生器だろうか。なんでもいい。それと同じものを作ればいいのだ。

メール星人は、ロケットのなかから箱を運び出してきた。そして、

「これです」

のぞきこんでみると、なかではハチのような昆虫がいっぱい動いていた。

「ハチのような種類ですね」

「ええ。これがあの花を食べてくれるのです。これに食べられると、花はまもなく枯れます。やってみましょうか」

「そうでしたか。しかし、まさか不死のハチではないのでしょうね」

「その点はご心配なく。寿命はあります」

箱が開かれ、飛び立ったハチは、あたりの花にとまった。ハチは花を食べ、それにつれてその植物は、うそのように枯れはじめた。

地球側はまたもほっとした。しかし、メール星人は少しまじめな顔になった。

「効果がおわかりでしたら、取引きのお話に移りましょう。このハチをお買いになりませんか」

「ええ。しかし、まずサンプルをよく調べてから」

地球側は言葉をにごした。サンプルをふやせばいいのだ。急ぐことはない。だが、メール星人は、そのもくろみを打ち砕くようなことを言った。

「念のために申しあげますが、このハチには寿命はありますが、生殖能力がありません。これから永続的にご入用のことと存じますが」

「なんだと。働きバチなのか。では、その生殖能力のある女王バチに当るのを見せてくれ」

「それはできません。女王バチはメール星から持ち出せないことになっています。それをお渡ししたら、商売が成り立ちません」

「ひどい話だ。言語道断な話だ」

「ハチがお入り用でなければ、これで……」

「まて。女王バチをよこせ。さもないと、腕ずくでも……」

「そう興奮なさらないで下さい。メール星に軍備はありませんが、あなたがたが攻めてきたら、女王バチを全部殺してしまいますよ」

「うむ。なんというやつらだ」

しかし、歯ぎしりをしてみたところで、もはやどうにもならなかった。ここで追いかえしたら、繁栄の花で地球は埋めつくされてしまう。相手の言うままに、貿易協定に調印しなければならなかった。

そして、定期的にメール星から貨物ロケットが訪れてくることになった。それには、花を枯らすだけの能力を持った、生殖能力のない虫ケラがつんである。帰る時には、地球の貴重な資源だの、製品だのをつんで運んでゆく。

メール星人は計算にもすぐれているらしく、繁栄の花がへりすぎないように、ハチの数を加減したり、ロケットの速度をおくらせたりする。地球にとっては、まことに腹の立つことだった。

腹の立つのが最高になるのは、貨物ロケットの乗員が立ち去るたびに、こんな言葉を口にする時だ。

「わたしたちが〝繁栄の花〟と名づけた意味がおわかりでしょう」

泉

「ねえ、ちょっと。起きてよ」

男は妻にゆり起こされた。彼が、都心ちかくに新しく建てられた、さほど大きくはないがスマートなビルの管理人として雇われ、その地階の一室に夫婦でねとまりするようになってから、何日目かの真夜中のことだった。

「どうしたんだ」

「いま、あたしがお便所から出ようとした時にね、だれかに背中をぽんとたたかれたような気がしたのよ」

「泥棒かな」

彼は夜具から身を起こしながらつぶやいたが、泥棒という言葉で、妻が悲鳴をあげそうに息を吸い込むのを見て、それを打ち消した。

「いや、泥棒じゃあないだろう。どんなやつだって、このビルの戸締りを破って忍び込むことはできないよ。だが、いちおう見てこようか」

男はナイフを手に、廊下のつき当りにある便所にむかった。ビルの外を走る自動車の音が、かすかに伝わってくる以外、なんの物音もしなかった。妻は不安そうにそのあとに従った。彼はドアに近より、そっとあけてなかをのぞき込んだ。しかし、そこに人影はなかった。

人影はなかったが、おかしな物があった。

「きてごらん。へんなものがあるぞ」

彼は妻に声をかけた。白っぽいコンクリートの壁から、右腕が一本出ていたのだ。出ているというより、生えているといったかっこうだった。

「泥棒じゃないのね……」

妻はほっとしたような声を出してかけより、彼のうしろからのぞき込みながら、言った。

「あら。それは手じゃないの」

「うん。だが、いったいこれはどういう現象だい」

「ふしぎねえ。さっきはいった時には、こんなものはなかったような気がしたけど」

二人は壁から生えている腕をしげしげと見つめた。それは生きているように血色がよかった。

「だれかがくっつけたのかしら」

地下室の外側から手を突っこむことなどできるはずはないから、だれかが取りつけた物とも思えた。だが、そのつけ根を調べてみると、とりつけた物ではなさそうだった。

「くっつけてあるのではなさそうだ」

彼はこう言いながら指先で突っついた。それに応じて、腕はぶらぶら揺れた。彼はナイフを手に持っていたのに気がつき、刃の先でちょっとひっかいてみた。

「あら、血が出たわ」

「まったく生きているみたいだ」

彼はそれ以上、ナイフを使うのをやめた。二人はしばらくのあいだ、壁から生えている腕を、首をかしげながら見つめていた。

そのうち、腕はしだいに壁のなかに吸い込まれ、消えた。時間が来たのでこれで失礼、といったような感じを与えた。彼はあわててその跡を手でなでたが、もう、そこはほかとかわらない、冷たいコンクリート壁だった。

「なくなっちゃったぜ」

「じゃあ、さっき背中をたたかれたのは、この手がでてきた時だったのね」

二人はしばらく待っていたが、腕の出てくるようすはなかった。しかし、そのうち彼らは、毎晩ある時刻になると、その壁から腕がでてくることを知った。腕は彼らをつかんで、壁のなかにひっぱり込むといった、たちの悪いことはしなかった。友好的とは言い切れないが、少なくとも害を与えるようすはなく、いたって従順な存在だった。

「警察にとどけましょうか」

「よせよ。べつに悪いことはしないじゃないか。警察に知らせたら、学者がやってきて持ってっちゃうぐらいがおちだ。それより、これで金をもうける方法を考えよう」

「そうね。だけどいい方法があるかしら」

「さあ。だが、当分だれにも言うなよ。ビルの所有者が、おれのものだなんて言い出すかもしれないからな」

何日かたつと、彼は考えついた。

「いいことを思いついた」

「どんなこと」

「あの腕から血を取るのさ」

「血を取ってどうするの」

「血を買ってくれる会社があるらしい」

彼は腕から血を取り、びんに入れて、血液を買い入れる会社に持っていった。その会社では驚いたが、調べてみると人間の血にちがいなかった。人殺しじゃないかと疑う者もあって、彼について警察に問い合せてみもしたが、殺人も誘拐もこのところまったくないとの返事だった。会社ではその血を買い入れることにきめた。もっとも、いくらか安くまけさせた。

男は採血の器具を買い、毎晩、壁からあらわれる腕から血を集め、つぎの日に、ビルの仕事のあいまをみて会社にはこんだ。彼の注意することは、跡をつけられないようにに心がけることだけだった。しかし、跡をつけられたとしても、彼らの部屋にはべつに怪しまれるものはなかったし、また、真夜中、ビルのすべての戸を締めてから行う作業を、気づかれるはずもなかった。

しだいに二人の貯金はふえた。

「この腕はあたしたちの恩人ね」

「ああ、こんなうまい話はめったにないだろう」

「この血はどこからくるのかしら」

「それはわからない。だが、へたに調べようとして壁をこわし、腕がでてこなくなったら困るぜ」

そのうち二人はあることに気づいた。

「血がたくさんとれる時と、ほとんどとれない時とがあるのは、どういうわけだろう」

「あたしもこの間からそれを考えていたんだけど、交番のそばの立札の、赤い数字に関係があるようよ」

「交通事故の件数だな」

そして、それが一致することをたしかめた。

「なるほど、交通事故で流れた血が、地面にしみ込んでここに集ってくるというわけか」

彼は指で腕を突ついた。腕はうなずくように揺れた。

「どこを通ってくるのかしら」

「そんなことはどうだっていいじゃないか。電話局がどこにあるかを知らなくったって、電話はかけられる。貯水池の場所を知らなくても、蛇口をひねれば水は使えるのさ」

彼は壁の腕の指を一本つかんで、ひねってみた。だが、腕は痛がる様子を示さなかった。

二人の夜の作業は順調だったが、そのうち、ものたりなさを感じてきた。

「金のたまるのはいいが、これでは使うひまがない」

「もうやめましょうか。当分遊んで暮せるじゃないの」

「もったいない。もう少しためてからだ」

「もっと能率をあげる工夫はないものかしらね」

男はある日、その方法を考え出し、小型の真空ポンプを買ってきた。その夜、壁から腕の現れるのを待って、それにとりつけた。モーターは小さな音をたて、びんのなかに勢よく血を吸い出しはじめた。

「すごい。ぐあいがいいぞ」

「だけど、この血は……」

妻の言おうとしたことに彼も気がついた。

「そうだ、どこか近くで事故がおこるかもしれないぞ。ちょっと見てこよう」

彼はエレベーターを動かし、屋上に出た。屋上から見おろした深夜の街路は、人影が絶え、事故のおこりそうなけはいはなかった。

「おかしいな。なにかおこるはずだが」

彼は少し身をのり出した。

「まてよ」

しかし、気がついた時はもうおそかった。彼が背中を押されたような気がしたのをふしぎに思った時は、四階あたりを落ちて行く途中だった。彼は妻の名を叫び、手は虚空(こくう)をつかんでいた。

妻は装置のそばで、勢を増して流れつづける血を眺めていた。それは洋服の生地、帯、宝石、ブドウ酒の流れのようにも見えた。ポンプの低い音のリズムは、ナイトクラブのボンゴの響きのようにも聞こえた。彼女はうっとりして目をつぶった。そして、彼女は手くびを握られたのを感じた。

「あなた、事故はどうだった。ほらこんなにたまったわ。あたしたち幸福ねえ」

その声に応じて、握る手には力が加わってきた。彼女はうれしさで気の遠くなるようなめまいをおぼえ、倒れた。

時間が来たのか、腕は壁のなかに消えていった。真空ポンプと、からだじゅうの血を失った死体と、そして、赤い液体をいっぱいにたたえた、大きなびんをそこに残して……。

美の神

　さっきまで小さな点にすぎなかった宇宙船の前方の星が、しだいに大きく迫ってきた。べつに奇妙な特徴を持つ星ではなかった。だから、その上であんな奇妙なものを発見することになろうとは、この時には、私ばかりでなく、だれひとり思ってもみなかったのだ。

　私は考古学者。この探検旅行の一員として参加していた。

「艇長。目的の星が接近しました。着陸に移ってよろしいでしょうか」

　操縦士がおどおどした声で言ったとたん、ガラスの割れるような声が船内に爆発した。

「まて。なにを言う。きさまは軽率なやつだ。そんなことで、よく操縦士がつとまるな」

　鬼艇長の声だった。鬼艇長というのは、もちろんあだ名である。その由来の一つは、がみがみ声ですぐ当りちらす性格にある。そしてもう一つは、このほうが重大なのだ

が、すごい顔つきの持ち主なのだ。

つぶれたような鼻、厚いくちびる、つりあがった眉(まゆ)、あぶらぎった皮膚、残忍そうな目つき。およそいい点は一つもなかった。そして、あの声と、これらにふさわしい性格。あだ名は鬼艇長としかつけようがない。

「はい。どうしたらよろしいのでしょう」

操縦士がもう一度おどおどし、ガラスの割れるような音がもう一度おこった。

「未知の惑星にすぐ着陸しては危険ではないか。まず一周し、安全を見きわめてからだ。これぐらいのことが、わからないのか」

宇宙船は大きくカーブを切り、その惑星も窓のそとで位置をかえた。

私は窓から目をはなし、壁のスクリーンを眺めた。そこには望遠鏡のとらえた地上が、大きく拡大されて映し出されていて、窓から眺めるより、はるかに鮮明に見えるのだ。

惑星の周囲をロケットがまわりはじめるにつれ、スクリーンの上では美しい草原が展開しはじめた。色とりどりの植物が、地上の大部分をおおいつくしている。

たしかにそれは植物なのだろう。地面からはえ、茎と葉を持っている。だが、その色は地球のとちがって、色とりどりだった。黄色っぽいもの、黒ずんだもの、赤っぽいもの。だが、緑色のはなかった。太陽光線がちがうと、このような現象がおこるらしいが、やはり植物は植物なのだ。

「植物ばかりで、動くものはないようだな」

私がこうつぶやいたのを聞きつけ、鬼艇長がいやがらせを言った。

「となると、考古学者など、つれてくる必要はなかったな」

私は彼の部下でないから、どなられることはない。だが、このようにいやみを言われる。私は口をつぐんだ。こんな時には、よけいなことを言わないほうがいい。

スクリーンの上では、美しいが単調な眺めが流れていた。緑の染料のない地方で作られた、じゅうたんを見ているような気分だった。

その時。そのじゅうたんの上に落ちた白い紙くずのようなものがあらわれた。私はそれを指さし、鬼艇長に皮肉をこめて言いかえすことができた。

「しかし、こんな物がありますよ」

「なんだ、それが。ただの白っぽい石にすぎないだろう」

「そうでしょうか。形を見て下さい。六角形をしています。しかも、正六角形を」

みなはそれを見つめた。正確な正六角形をしていて、植物が作りあげたものと思えなかった。人工的のものらしいが、そのまわりにも、なにも動く物はなかった。私は鬼艇長にこうたのんだ。

「あの近くに着陸して下さい」

彼は歯ぎしりのような音とともに、命令を伝えた。

「よし。着陸に移れ」

宇宙船は高度をさげはじめた。やがて、尾部から噴射する炎は、草原を丸く焼きはらい、その焼けあとの地上に着陸をおえた。

「あ、あんな物が」

「なにかの遺跡のようだ」

乗員たちは窓のそと、焼けた草のくすぶる煙のむこうに、六角形のものをまぢかに見て、口々に驚きの声をあげ、目を離そうともしなかった。

それは石で作られ、どことなく宗教的なにおいのする形だった。エジプトや中米マヤの古代ピラミッド、スフィンクス、東南アジアの仏教の塔、ギリシャの神殿。このようなものと、どこか共通する感じを持っていた。

「すると、住民がいるのでしょうか」

乗員の一人が聞いたので、私は答えた。

「いや、あれを作った住民はすでに絶滅したのでしょう。あまりに荒れはてています」

赤っぽい葉のツタのような植物が、その石の上にからみついている。それに、上から眺めた時と変りなく、あたりに動く物の影ひとつなかった。

「よし。まず、あれの調査にむかう」

鬼艇長は住民のいそうもないのに安心してか、こう命令した。もっとも、住民や怪物がいたところで、ひるむような男ではない。

大気はいくらか酸素が多すぎるようだったが、宇宙服をつける必要はなかった。私たち一行は、色とりどりの草原の上を歩き、目標にむかった。地上には昆虫のようなものがうごき、また、土に埋まりかけた土台石のようなものもあった。だが、みなの心は前方の存在にひきつけられていた。

近づくにつれ、細部までわかるようになってきた。六角形の床のうえに、六角形の屋根をつけ、そのまわりを壁でかこんだようなものだった。

「なんだと思う。これは」

鬼艇長が聞き、私は答えた。

「どの惑星でも、文明の発達の初期には、このような宗教的な建物を作るものです。これもそうでしょう。だが、この星では、その時期に滅亡してしまったと思われます」

「どれくらい昔なのだ」

建物についたので、私は年代分析装置をその材質の石に当てた。風化の状態が測定された。

「ごく大ざっぱですが、地球の時間になおし、数万年の昔といったところでしょう。くわしくは内部に入ってみないことには、なにも言えません」

一行は周囲をまわり、入口らしき穴をみつけた。内部は薄暗く、隊員の一人は照明をつけて、おそるおそる先に立った。だが、まもなく悲鳴をあげた。

「こ、これを見て下さい。こんな物が……」

つづいて入った私たちは、床の上にあった一つの白骨を見た。私はそれに近より、

「建物の遺跡があるのですから、住民の骨があってもふしぎではありません。あとで標本として持って帰りましょう」

と言った。そして、また分析装置を当て、

「絶滅は一万年ほど前のようです。しかし、これでここの住民も地球人と大差ない体格をしていたことがわかりました」

と説明した。すると、だれかがこう言った。

「どんな顔つきをしてたのでしょうか」

「そこまではなんとも……。おや、その壁に絵がある。照明を当ててくれ」

私は内側の壁に絵の彫られているのを見つけた。かつての住民たちは美術的な才能があったらしく、いくつかの人物が白っぽい石に上手に彫刻されてあった。

「どうも、美しいのと、そうでないのとがあったようだ」

壁のいくつかの男女の姿は、はっきりその二種に分けられる。鬼艇長はこれを聞いていやな顔になり、部屋の中央、つまり六角形のまんなかあたりにある、人の背たけぐらいの六角の柱に近よっていった。そこで、こうどなっていた。

「おい、考古学者。これはなんだ」

「待って下さい。壁の彫刻をもっと調べてみなければ、判断のつけようがありません……」

私は壁に彫られている物をひとわたり調べた。幸い、文字などというやっかいなものを発明していなかったらしく、図解的なものだったので、大体のことを知ることができた。そこで、鬼艇長にこう答えた。

「早くいえば、まあ、美容院といった場所です、この建物は」

「なんだと。この柱一本のがらんとした建物がか。いいかげんなことを言うな」

「ほんとです。地球のそれのように、化粧品をぬりたくる方法でなく、宗教的な方法によってです。さっきの二種の顔は、みにくいのが美しくなることを意味しているのでした」

「そんなことがあるものか」

「効果がないものなら、いくら未開人でも、こんな建物を作りはしません。その六角の柱は、美を支配する神のご神体です」

「考古学者でも、学者のはしくれだろう。ちゃんとした説明をしたらどうだ。とても信じられん」

「そこですよ。みなが信ずる能力を失った地球上では、そんなことはもはや起りません。だが、みなが信じれば、その宗教的な力は発生し得るのです。信仰心のないところからは、神だって逃げ出したくもなるでしょう。しかし、みんなに信仰され、ちやほやされれば、神もまんざら悪い気持ちでなく、ご利益(りやく)を与えてやる気になるものです。地球上の古代の記録にも、そういった事柄が残っています」

「ふん、この柱がね」

鬼艇長の言葉は少しおとなしくなった。彼はその水晶のような形の石の柱をにらむように見つめていた。だが、私は壁の彫刻をたどるほうに熱中した。

「その柱にむかって頭をさげ、心のなかで美しくしてくれるよう念じると、たちどころに、その願いが達せられる……」

と、つぶやきながら、私は壁の彫刻を順序よくカメラにおさめていた。その時、隊員たちのざわめきがおこった。

「艇長。どうなさいました」

私がふりむいてみると、鬼艇長は柱にむかって、ひざまずいていた。みながかけよると、鬼艇長の答がうす暗いなかでした。

「いや。ちょっと試してみただけだよ。心配させてすまなかった」

その声は、いつもの鬼艇長のものとはちがっていた。上品で、やさしい、澄んだ声だった。隊員の一人は照明をうごかし、艇長のこっちをむいた顔に当てた。

みなは目をみはった。たしかに美の神の力は存在したのだ。高く形のいい鼻。すっきりした眉。まっ白く並んだ歯。知的な瞳(ひとみ)。信じられないような変り方だった。壁の彫刻そのままで、たしかに、この惑星に存在する美の神の力にほかならなかった。

しかし、あくまでこの惑星の美の神で、地球上の神ではなかった。なぜなら、肌の色が目のさめるような、あざやかな緑……。

ひとりじめ

なにげなく時計をのぞくと、ずいぶんおそい時間だった。

小さなバーを出て、自動車を駐車しておいたほうに歩きかけ、おれは不意に足をとめた。夜ふけの道は人通りが絶え、少し先の街灯の光が、あたりを静かに青白く照らしている。その街灯の下に立っている、ひとりの人影に気がついたのだ。

はっきりとはわからないが、どうも、やつのように思えた。

「なんで今ごろ、こんな所に。しかし、なるべくなら、このまま会わずにすませたいものだ……」

おれはこうつぶやき、そしらぬ顔でむきを変え、反対の方角にしばらく歩いた。そして、細い横丁を見つけ、そこに身をひそめた。

やつは感づいたろうか。いや、むこうは明るく、こっちは暗がりだったから、おそらく大丈夫だったろう。

おれがやつを避けるのは、やつが警官や刑事だからではない。やつは相棒なのだ。

いや、かつて相棒だった、といったほうがいい。

しばらくまえに、おれはやつと組んで、悪事を働いた。悪事といっても、こそ泥のようなけちな仕事ではなく、また金庫破りといった、つかまる危険性の多い仕事でもなかった。もっと手ぎわのいい、それで大金を手に入れることのできる計画を立てた。

ねらいは、山奥のダム工事の給料。ハイウェイをはずれ、山道を三十分ほど行った地点を、待伏せの場所にえらんだ。自動車を林のなかにかくし、おれたちは日の暮れるのを待った。やがて、あらかじめ調べておいた通り、給料を運ぶ車が通りかかった。そして、道にまいておいたクギによって、四つのタイヤがパンクし、がたがた音をたてて停車した。

こうしておけば、追いかけてくることもできないし、事件を告げるにも時間がかかる。近くには人家はないし、あったところで電話がひいていない。ゆうゆうと引きあげることができるのだ。

車にかけ寄ってドアをあけ、おれたちは刃物をつきつけた。運転手ともう一人の男は、驚きと恐怖で、手向いをしようとしなかった。言われるままに、現金の入った鞄(かばん)を差し出してくれた。おれは鞄を受け取り、相棒に合図をして、引きあげかけた。

ここまでは、なにもかも計画どおりに、うまくいった。しかし、一つだけ計算になかった事態がおこった。車のなかの男が、拳銃を用意していたことだ。

うしろで、銃声がつづけざまに鳴り、おれたちは駆け出した。だが、まもなく相棒は道ばたに倒れた。どこかに、一発くらったのだろう。一瞬、おれは足をとめたが、どうしようもなかった。

やつを介抱していては、追いつかれてしまう。相手と戦おうにも、拳銃に対抗できる武器を持っていない。

おれはふたたび駆け出し、林のなかの車に戻り、全速力を出しつづけて、街にたどりつくことができた。もちろん、相棒がつかまったか、逃げおおせたかは気になることだった。しかし、それもいつまでも気にはしなかった。あの場合、ほかに方法がなかったことだし、また、収穫のひとりじめというのも、まんざら悪くない気持ちのものだ。

その時の相棒らしく思えたのだ、さっきの人影が……。

もういなくなったころだろう。おれはそっと首を出し、通りをのぞきかけて、

「あっ」

と、叫びをあげた。やつは目の前に来ていた。そして、近くでみると、その時の相

棒にちがいなかった。また、話しかけてきた声も。

「兄貴。こんな所で、なにをしているんだ」

答えなければならなかった。

「自動車で帰るから、少し酔いをさまそうとして、立っていたのだ。……それはそうと、おまえもよく無事だったな。どうなったかと、心配していたぜ」

おれがなつかしそうに言うと、やつは答えた。

「ああ、なんとか切り抜けることができたよ。この通りだ」

「それはよかった。おまえがつかまり、おいて逃げたおれを、うらんでいるのではないかと、気になっていた」

「うらみはしないよ。おれたちは相棒だものな」

おれは少し安心し、タバコをくわえた。やつにも一本すすめたが、やつは首を振って断わった。おれは煙を吐きながら、やつが倒れた時のことを聞いてみた。

「あの時、弾丸をくらったのか」

「ああ、やられたよ。だが、つかまりたくはない。力を振りしぼって、林のなかに逃げこんだ」

「それから、どう逃げた」

「あの近くの山腹に、ほら穴のあったことを思い出した。そこへたどりつき、かくれたというわけさ」

「あのほら穴か。計画にとりかかる前に、あのへんの地理を調べた時、そのほら穴の話は聞いた。村人たちは、呪(のろ)いのかかった穴だとか、幽霊が出るとかいって、近よらないとかいううわさだった」

「そこがつけ目さ。あの次の日、さわぎを知った村人たちが集って、山狩りをはじめたようすだったが、穴のなかまでは入ってこなかった。もっとも、穴の近くまで来て、話し声が聞こえた時には、はらはらしたがね」

おれは、やつが逃げおおせた理由を知ることができた。あのほら穴にかくれたとは、いい考えだ。おれはうなずきながら聞いた。

「それはよかった。で、幽霊かなにか出たかい」

やつは笑った。

「幽霊は出なかったが、いやに陰気な空気がこもっていた。しかし呪いの穴かもしれないが、おれにとっては幸運の穴だった。おかげで、見つからないですんだし、傷の痛みも、意外に早くおさまった」

おれも、やつにあわせて笑った。

「そうだったのか」

「ああ。そんなわけで、やっと街に帰ってくることができた」

「それにしても、よく警戒網を突破できたな。金が盗まれたままなのだから、捜査の手もゆるんではいないだろうに」

「それも、幸運のおかげだろう……。しかし、これからしばらくは、兄貴にめんどうを見てもらわなければならないんだが……」

と、やつは心配そうに言い、おれはうなずかなければならなかった。

「いいとも。おまえとはいつまでも相棒だ。見捨てはしないぜ。それに、あの分け前を渡さなければならない」

「たのむよ、兄貴。そう言ってくれるのも、相棒なればこそだ」

やつはうれしそうな表情を浮べた。

「だが、いつまでも、こんな所に立っているわけにもいくまい。おれの家へこいよ。食べ物もあるし、薬もある。傷の手当も完全にしておいたほうがいいだろう」

「そうするかな」

「じゃあ、ここで待っていてくれ。いま、車を持ってくるから」

おれはやつにそう言い、駐車してある所に行った。エンジンをかけながら、あらためて考えてみた。

まさか、やつが戻ってくるとは思わなかった。本来なら、喜んでやらなければならないことだ。あれからすぐならば、あるいは本心から喜べたかもしれない。しかし、日がたち、奪った金を握りつづけた今となっては、そうも言えない心境になってしまった。

やつの出現は、おれの取り分がそれだけ少くなることを意味する。半分になってしまうのだ。あの金が全部あれば、ここ当分はなにもしなくても、遊んで暮せる。つまり、当分は相棒もいらないのだ。

おれは車を走らせ、やつの待っている所へ戻ってきた。やつは道ばたで、ぼんやりと立っていた。

おれは、ブレーキをかけるかわりに、速力をあげ、車体をやつにむけた。そして、そのまま速力を落すことなく、ふりかえろうともせず、自分の家に帰りついた。

部屋にとじこもったおれは、ウイスキーを何杯か飲み、気分を落ち着かせようとした。考えれば、気の毒なことをしたことになる。だが、おれは金をひとりじめしたいのだし、相棒が残っているということは、それだけ発覚しやすいわけでもある。

その時。ドアのそとに声を聞いたような気がした。

「兄貴……」

やつの声のようだった。だが、そんなことはありえない。たしかにさっき、ひき殺したはずだ。

気のせいだろうと思い、おれはウイスキーをさらに飲み、それでも、黙ったままドアをみつめた。

そのドアの上に、服のボタンのようなものがあらわれた。あれはなんなのだろう。酒を飲みすぎたための、幻覚なのだろうか。おれはグラスを手にしたまま、それから目を離すことができなかった。

だが、すぐにそれが、幻覚でないことがはっきりした。ボタンにつづいて、服が、ネクタイがあらわれ、そして、やつがあらわれた。ドアをつき抜けて入ってきたのだ。

おれは事態についての、だいたいの想像がついてきた。やつが警戒網を突破できたわけも、自動車でひいたとき意外に手ごたえがなかったわけも、また、呪いの穴の働きについても。

部屋の照明はあかるかったが、やつは、さっき街灯の下で見たときと同じ青白い顔で、おれのそばに立ち、青白い声で話しかけてきた。

「なあ、兄貴。おれたちはいつまでも、相棒なんだろう……」

奇妙な社員

求人難の時代でもあり、それに、私の経営するゼッド商会は中小企業なので、あまりぜいたくを口にできるわけがなかった。そのため、職業安定所で聞いてきたと言って現れた、山崎和彦という青年を、社員にやとわざるをえなかった。

彼は三十歳で独身、なかなかの美男子だった。

私はひとめ見て、顔をしかめた。こんな青年がまじめであるのは、映画のなかでしか起りえないことだ。

しかし、その予想はいいほうに裏切られた。山崎ははなはだ優秀だったのだ。与えた仕事は、書類の整理だったが、正確にやりとげる。命令には従順で、不平ひとつ言わない。それでいて、質問をすると適切な案を答えてくれる。

もっとも、おとなしい性格なのか、自分から積極的に発言することはない。

ようすをうかがってみたが、女の子に電話をかけたりはせず、かかってくることもなかった。こうそろっては薄気味わるいほどで、いま流行の産業スパイかとも思えた。

だが、考えてみると、わがゼッド商会に、盗まれて困るほどの秘密はなかった。

彼をねぎらう意味で、会社の帰りがけに、ある日、

「酒でも飲まないか」

と、声をかけたこともあったが、その答は、

「ぼくは飲みません。早く帰宅します」

まさに、文句のつけようのない社員だ。もっとも、まったくないわけではなかった。採用してしばらくすると、山崎は長い休暇を取ったのだ。

やっと出社してきたので、ほっとしていると、またも申し出てきた。

「社長。あすから当分、休ませていただきます」

私は言った。

「またかね。きみの仕事ぶりは立派だし、そのわりに、わが社の給料の安いのはみとめる。しかし、そう休まれては困るな」

「でも、ぼくのほうにも、つごうがあるのです」

「見たところ、きみは健康そうだ。だが、外見ではわからない、なにか病気でもあるのかね。このあいだも、ずいぶん休んだではないか」

「いいえ。おかげさまで、ぼくは健康そのものです」

「病気でないとすると、いったい、問題点はなんなのだね」

彼はためらったあげく、小声で答えた。

「別荘です」

「え、別荘だって。……まさか、刑務所のことでは……」

と、私は意外な答にとまどった。山崎は二重人格かなにかで、時どき軽犯罪的な事件をおこし、引っぱられているのだろうか。しかし、彼はふしぎそうに聞きかえしてきた。

「刑務所のことを、別荘とも言うとは知りませんでした。なぜです」

「それは、つまり、静かにからだを休め、つぎの仕事の構想をねる場所だからだろう」

「そういえば、なにか共通点があるようですね。気のきいた愛称です。しかし、ぼくの言う別荘は、本物の別荘です。犯罪とは関係ありません。ぼくの別荘です」

「そうだったのか。きみが別荘を持っているとは知らなかった」

「はい。ときどき別荘生活をしないと、息がつまってしまいます。からだのためばかりでなく、頭のためにも必要なことです」

「いいだろう、休暇を楽しむ権利は、だれにでもある。早く戻ってきてくれ」

私はあまり、強いことは言えなかった。しかりつけてやめられてしまうには、惜しい社員だ。

山崎は休み、なかなか出社してこなかった。私は彼の家を訪れてみることにした。相談したい事項もあったし、いくらかの好奇心もあった。

別荘を持っているとは豪勢だ。親ゆずりの財産でもあるのだろうか。たいした労働でもないのに、息がつまるなどとは、大げさすぎる。お坊ちゃん育ちにちがいない。

しかし、さがしあてた彼の住居は、大邸宅などではなかった。反対に、ごく普通のアパートの一室。

私は思わず、つぶやいた。

「いまの若い連中のやることは、見当がつかない。こんなところに住みながら、別荘を持つとは。もっとも、食うや食わずで高級カメラを買ったり、さらには自動車を買う者もいるのだから、その進んだ現象といえば、それまでだが……」

ドアのベルを押したが、反応はなかった。留守らしい。そこで、アパートの管理人に聞いてみた。

「山崎さんは、どこへお出かけでしょう」

「じつは、しゃべらないでくれとたのまれていますので……」

「わたしは社長です。急な用事ができました」

と、私は名刺を出し、金を握らせ、やっと行先きを聞き出すことができた。それは温泉のある、近ごろ発展いちじるしい有名な保養地だった。いささか、うらやましくなる。私はついでに、管理人に質問した。

「わが社に彼が入社したのは最近なのですが、その前はなにをしていたか、ご存知でしょうか」

「さあ。よくは知りませんが、ありふれた会社につとめていたようです。しかし、別荘生活のことで、くびにされたとか言っていました」

もっともな話だ。いかに優秀な社員でも、おおはばに休まれて別荘ぐらしをされたら、かっとなる社長もいるだろう。私のように寛大な社長ばかりとは限らない。

山崎に関する私の興味はさらに高まり、つぎの日曜を利用し、出かけてみることにした。

列車で二時間ほど、海ぞいの空気のいい土地だった。私は駅を出て、まず役場に寄って聞いた。

「山崎さんの別荘はどこでしょう」

係は首をかしげて、

「そんな人の住んでいる別荘はありませんよ」

「いや、たしかにあるはずです。山崎和彦という男です」

と、彼の名のほうもあげると、係はうなずいた。

「あ、それでしたら、あのダブリュー観光会社に行ってごらんなさい」

「なぜです」

「そこの経営者ですから」

「そうですか。しかし、人ちがいのようですね。わたしはうちの社員をさがしているのです」

だが、ほかに手がかりはなかったし、せっかく、ここまで来たのでもある。寄ってみることにした。

ダブリュー観光会社は、なかなか発展しているらしかった。温泉を掘り、旅館をたて、別荘地を分譲し、展望台も建設中のようだ。山崎はこの一族なのだろうか。だが、それならなにも、私の会社につとめる必要はないはずだ。

受付の女の子では、要領をえなかった。やがて、秘書という四十ぐらいの男があらわれ、私に言った。

「どんなご用件ですか」

「山崎和彦さんがおいででしたら、お会いしようと思って……」

「忙しくてむりです。いまは県庁との折衝中です。つづいて銀行、夜は建築会社の招待で、ひまがありません」

「なんで、そう忙しいのですか」

「なぜって、観光会社の社長ですから、仕方ありません」

「どうも、かんちがいをしていたようです。わたしの会いたいのは、三十ぐらいの、ちょっと美男子の青年ですから」

と私があやまると、相手は答えた。

「それでしたら、うちの若社長にちがいありません。時流に乗ったせいもありますが、なかなかのやり手で、親ゆずりの事業を何倍にもひろげています」

「そんなはずは……」

さらに特徴を説明し、兄弟ではないかとも聞いてみた。

だが、兄弟はないそうだし、わが社の山崎社員にまちがいないようだ。

まるでわけがわからなくなった。休暇をとって、こんな大事業を経営するとは。聞きたいことはたくさんあったが、なにからはじめたものか迷った。

「……ところで、社長さんは毎日、休むことなくお仕事ですか」

「いえ。それでは、からだが持ちません。時どき休暇をとり、むりをしてでも、息抜きをなさいます」

「休みの日には、どんなことを……」

「さあ。休暇を楽しむのは個人の権利だとかで、あまりくわしい事はお話しになりません。どこかの別荘にお出かけのようです。この土地ではありませんよ。ここでは、仕事が追いかけ、宴会が追いかけ、女性が追いかけ、少しも休みになりません」

「なにをして、休日をすごすのでしょうか」

「よくは存じませんが、お話によると、朝は早く起き、夜は早く寝られる。酒は飲まなくてすみ、女の子に悩まされることもない。適当にからだを動かし、頭はほとんど使わないですむ、規則正しい生活のようです」

「なるほど」

「ふたたび出社なさると、元気にみちて、もりもり能率をおあげになります。新しい仕事の構想がわいているのです。どこなのでしょうか、そのすばらしい別荘は……」

「ああ、それなら……」

あのアパートのことだ、という言葉は私の口から出なかった。かわりにため息がでた。

こんど戻ったら、山崎社員をくびにすることにしよう。

いくら優秀な社員でも、また、いくら私が寛大でも、別荘生活の気分で楽しく出社してこられては、がまんができない。

砂漠の星で

夜の川を泳ぐ鮎のようだった。暗さと、静けさのただよう宇宙の空間を、一台のロケットが進みつづけていた。白金で作られた大きな矢のようでもあった。その矢をはなった弓である地球は、すでに、はるか後方になっている。なつかしい太陽も、もはや一つの星でしかない。

なかには二名が乗っていた。操縦士をかねた若い艇長と、通信士をかねた中年の教授。大ぜい乗りこむわけにいかない宇宙旅行では、各自が何役をもかねなければならない。

〈現在のところ、異状なく航行中〉

と、地球へむけて簡単な通信を送り終えた教授は、望遠鏡をのぞきこんでいた。そのうち彼は、そのままの姿勢で艇長に言った。

「進路を少し、右寄りにしてくれ。惑星が一つ見える」

「はい」

ロケットは炎を噴射し、美しいカーブを描いて、目標へと接近した。

このロケットの任務は、多くの惑星の調査にあった。未知の星々をめぐり、その大きさ、気候、地質、動植物などについての資料を集める。たまには、いくらかの知能をそなえた、原住民のいる星もあった。これらの報告にもとづいて、地球は宇宙の開発計画を進めるのである。

艇長は計器を調べながら言った。

「だいぶ近づいてきましたよ、教授。なにか見えますか。たまには、目のさめるような物にも、お目にかかりたい。赤い葉っぱに緑の花、などという草花のたぐいには、あきあきしました。植物学的には珍しいのでしょうが」

「うむ。しかし、あまりご期待にそえそうもないな。大部分が砂漠の星だ」

「つまりませんね。着陸をやめようではありませんか。一つぐらいごまかしても、わかりっこありませんよ」

「そうはいかん。だれに見られていなくても、任務は任務だ。……まて、信じられない物がある。あれはなんだ」

教授にこう言われて、艇長はかわって望遠鏡に目を当てた。

「とがった山のようですが」

「もっと、よく観察してみてくれ」

「そういえば、とがりかたが正確です。人工的としか思えません。それなのに、住民がいないようです」

「どうするね。このまま帰るとするか」

「いや、着陸しますよ。好奇心がわいてきました」

ロケットは徐々に速度を落し、着陸態勢に移りはじめた。教授は首をかしげて、つぶやきをもらした。

「まったく、ピラミッドそっくりだ」

「エジプトにある遺跡のことですね。しかし、ピラミッドとは、なんのために作られたものです」

艇長は、宇宙旅行に関しては優秀だったが、考古学の知識となるとあまりなかった。

「古代の人は、死をこう考えていた。魂が一時的に肉体を離れるのだ、と。その魂が戻ってきた時に、帰るべき肉体がなくなっていては困る。そのためにミイラを作った。王が自分のミイラを保存するために、大変な労力をかけて作らせたのが、ピラミッドだ」

「どうも、ばかげたことを考えていたものですね」

「それは仕方がない。われわれのように後世の者から見れば、過去のすべてが、ばかばかしく見える。万里の長城というものを作った王もあった。また、巨大な戦艦に金をかけた時代もあった。いずれも、大まじめで……」

「そうでしたか。歴史には、あまりくわしくありませんので……」

「ああ。広い道路をむやみと作って、とくいがった時代もあった。ピラミッドどころのさわぎではない」

「ええ。それぐらいの時代になると、いくらか知っています。オートメーションの進歩で、通勤して仕事をしないですむようになり、外出にはヘリコプターがもちいられるようになって、道路がまったく不要になった。むだなことを……いや、よしましょう。未来の人のことを考えると、この宇宙開発の任務にも自信がなくなってきます」

「考えはじめたら、きりがない。文明とはそういうものなのだから」

話しあっているうちに、ロケットはしだいに高度を下げ、やがて、限りなく広がる砂漠の一角に着陸した。

「大気はありますが、乾燥しているので、暑い星のようです」

「では、近づいて調べることにしよう」

二人は地上におりた。この星系の太陽が上から照りつけ、ロケットをぎらぎらと輝かせている。砂漠は静かな熱気をおび、足あとひとつない。

　その巨大な建造物は、雲のない空にそびえている。二人は砂の上を歩き、それをめざした。

「とんでもない物を作ったものですね、教授。住民たちは、どうしてしまったのでしょう」

「おそらく、遠いむかしに絶滅してしまったのだろう。こう乾ききっては、生きのびることができない。その文明のなごりだ」

「すると、やはりピラミッドですか」

「ああ。エジプトそっくりの光景だ。文明というものは、おなじような発展の道をたどるものだ。ピラミッド類似のものに、まちがいないだろう」

　近づいてみると、上空から眺めた時より、はるかに大きく感じられた。

「よくも作ったものですね。石でできています。いや、砂をかためたコンクリートのたぐいかな」

「入口がすぐに見つかればいいが。ピラミッドは、内部に入りにくく作られるのが普通だ」

　しかし、まわりを一周すると、入口らしきものが見つかった。そして、小型の爆薬を使うと、意外に簡単にあけることができた。

そとの光景とは反対に、なかは暗く、ひんやりとしていた。艇長が用意してきた電灯で照らすと、あたりのようすがわかってきた。まばゆいような黄金色の廊下がつづき、両側に部屋の扉が並んでいる。

耳を傾けても物音ひとつしない。床には薄くほこりがたまり、古びたにおいがただよっている。二、三歩進むと、足音が反響して、止まるともとの静寂にもどる。

「なんとなく、薄気味わるくなりましたよ、教授。静かすぎます」

「当り前だ。静かなほうがいい。こんにちは、などと声をかけられたら、たまったものではないぞ」

「驚かさないで下さい」

「さあ。元気を出せ。調査にかかろう。かつて栄えた、異なる星の文明が判明すれば、地球への大きなニュースになる」

「まず、なにから手をつけましょう」

「扉の一つをあけてみてくれ」

ふたたび爆薬が使われた。反響が消え、煙がおさまり、艇長はなかをのぞいた。

「細長い箱がいくつもあります」

「そうか。われわれは運がいいぞ。すぐに、ミイラの部屋に入れたとは。普通はなかなか見つけにくいものだ。あけてみてくれ」

二人は、やはり黄金色の金属でできた、その箱に近づいた。

「ミイラとは、どうも、いい気持ちがしませんね。……箱に字が書いてあるようです。読んでみて下さい」

と、艇長はためらいながら指さし、教授は目を近よせた。

「なるほど、字のようだ。判断できればいいが」

教授は携帯してきた翻訳機を出した。その小型の装置はカチカチと音をたて、文字の特徴のデータを調べはじめた。だが、やがてひとつの意味のある文章を、テープにしるしながら報告しはじめた。教授は、それを手にとった。

「なんとか読めたらしい。こう書いてあるそうだ。われわれはしばらく、ここを離れる……」

「さっきのお話の通りのようですね」

「安心したろう。ふたをあけてみてくれ」

艇長はおそるおそる、ふたをあけた。なかには、白い布で包まれた物が横たえられている。

「これがミイラですか。……で、文字はあと、なんと書いてあるのです」

教授はテープのさきを読んだ。

「……留守中に勝手にあける者は、わざわいをこうむるだろう……」

「いやですよ、変な目にあうのは」

「心配するな。ピラミッドのなかに書いてある、きまり文句だ。ミイラを持ち出されないための。……さあ、その布をほどいてみてくれ」

艇長はふるえる手で、布をほどきにかかった。そして、とつぜん悲鳴をあげた。

「大変です」

「どうしたのだ」

「動いたようです」

「冗談ではない。ミイラが動くはずはない。気のせいだろう」

教授に言われ、艇長は目をこすり、あらためて見つめた。だが、布のなかで、たしかになにかが動きはじめている。彼は思わず拳銃（けんじゅう）を手にし、引金をひいた。銃声が反響する。

教授は言った。

「おい。落ち着いてくれ。文明の貴重な遺産だ。大切にあつかってくれ」

「いや、本当に動いています」

「ありえないことだ。風で布がゆれでもしたのだろう。さて、文字の残りを読んでしまおう」

教授は落ち着いていた。彼は翻訳機から出てくる、テープにしるされた報告を読み終えた。それから、首をふりながら言った。

「かんちがいをしていたようだ。ここはピラミッドではなかった。どこか遠い星からやってきたやつらが、以前に使用した基地らしい。この部屋は倉庫で、その箱のなかは、鉱物採取用の金属製の……」

金属製のロボットはボタンを押されたため、布を破って箱から立ちあがった。その目は、自分の主人たちとちがった、見なれない怪しい二人をみとめた。そして、邪魔者を追い払うために、強力な腕をのばして……。

夜の流れ

すすり泣く女の声を耳にして、青年はちょっと足をとめた。静けさを張りめぐらしたような夜。声はその夜のむこう側から聞こえてきたようにも思えた。彼はあたりを見まわしてみた。だが、月のない空の星明りだけでは、そう遠くまで見わたせるわけがなかった。それに、森のなかの道は、少しさきで折れまがってもいる。

青年は首を振り、いまの声のことを打ち消した。気のせいだろう。それとも、夜の鳥の鳴声だったのかもしれない。ここは街なかではないのだ。女が泣いているような場所でもなければ、そんな時刻でもない。

ここは人里はなれた、とある山のふもと。青年はポケットから懐中電灯を出し、腕時計を照らした。針は午前の一時を示している。

彼はさっき夜汽車を降りて、小さな村を抜け、ずっと歩きつづけているのだった。このまま歩きつづければ、あけ方にはちょうど山の頂に行きつけ、地平線のかなたからゆっくりと昇る、美しい太陽を眺めることができるだろう。

それが彼の仕事だった。背中の小さなリュックサックにはカメラが入っている。写真家である彼は、ある雑誌社から朝日をテーマにしたものの注文を受けた。地図で見当をつけたところによると、この山は歩いて数時間で登れる、手ごろな山だ。また眺めはいいはずだし、それに、そう危険でもない。

彼はついでに地図を出し、手の懐中電灯の光をそこに移してたしかめた。道に迷ってはいないらしい。まもなく、道は渓流のそばに出るはずだった。

地図をしまい、ふたたび歩きつづけるにつれて、川の音が聞こえてきた。水しぶきをあげる激しい流れの音が、はるか下のほうで鳴っている。谷はよほど深いように思われた。彼は歩く速さを少しゆるめ、懐中電灯の光で道を照らし、足もとに注意した。

その時、またすすり泣く女の声を耳にして、彼は立ちどまった。水の音とは、たしかにちがっていた。彼は首を振ってみたが、こんどは、声は消えなかった。そのうえ、声はひときわ高くなり、すぐそばにだれかがいるようなけはいだった。彼はそのけはいにむけて、思わず懐中電灯をさしつけた。光の束は濃い闇を、黄色く丸く切り開いた。そして、そのなかに女がいた。

若い女。青っぽい服を着た、どことなく都会的な、色の白い美しい女が立っていた。青年の目はそれを認めたが、頭のなかでは、まだそれを認めなかった。こんな女が、こんな時間、こんな場所に……。

　彼は首をかしげ、手のほうがお留守になった。それにつれて懐中電灯の光がさがり、女の形のいい足、靴、さらにその下までも照らし出した。そのとたん彼の頭の思考は中断し、叫び声となった。

「危い。そのまま、じっとして……」

　女はがけのふちの岩の上に立っていた。そして、その岩は今にもくずれそうに揺れていた。助けなければならない。だが、急いでかけよったら、その震動でいっぺんに崩れ落ちてしまうかもしれない。青年は片手で光をさしつけ、片手を伸ばしながら、そっと近よろうと試みた。

　すると、光のなかの女は、はじめて声を出した。

「近よらないで。あなたまで落ちてしまうわ」

「しかし、ほかに方法がないじゃないか。じっとしていなさい。いま手を貸してあげるから」

「だめなのよ。あなたには助けられないわ」

「どういう意味なんだ。さあ、声を立てないで、動かないで……」

　と言いながら、青年は注意して、少しずつ近づいた。しかし、ほんのちょっとというところで、それは手おくれになった。なにかいう女の声がふいに遠ざかり、その足の下の岩が崩れた。青年は危い所で踏みとどまり、大声をあげた。

「いかん。まにあわなかった」

だが、もはやどうしようもなかった。彼は耳を傾けてみたが、川の流れる音ばかり。懐中電灯を下にむけ、絶望的にまばたきをした。光はほとんど垂直に近いがけの斜面を、むなしく照らし出していた。途中でなにかにひっかかっている可能性は、ほとんど考えられなかった。

だからといって、ほっておくわけにもいかない。早くだれかに知らせ、応援をたのまなければ。さっき通った村まで戻らなければならないだろうか。それとも、もう少し行ったら、人家があるだろうか。彼はあまり期待をかけずに、前のほうの闇をすかしてみた。

そして、その遠くに、小さな四角い光をみとめた。窓。人家の窓のように思われた。青年は注意しながら足を早め、近づくにつれ、人の住んでいる家であることを知った。道にそって渓流と反対側に立てられた、しゃれた造りの家だった。だが、このあたりに不似合なことを、気にとめている際ではなかった。青年はドアにかけより、勢いよくたたいた。

なかなか答えがなかったが、窓からもれるカーテン越しの光をたよりに、彼はドアをたたきつづけた。やがて、なかで人の動く物音がした。青年はそれに呼びかけた。

「起きて下さい。大変なのです」

内側から男の声がした。

「どなたですか。こんな時間に」

「写真家です。朝日をうつすために、山に登っている途中なのです。怪しい者ではありません」

鍵を外す音がし、ドアが細目に開いた。そして、青年に不審をみとめなかったのか、ドアは一杯にあけられた。そこには、三十歳ぐらいの男がランプを片手に立っていた。男は青年に話しかけた。

「どうなさいました。けがでも、それとも、急に腹痛でも。まあ、なかにお入りなさい」

青年は息をきらしていたし、なにから話したものか言葉がすぐには出なかった。そこで、男にうながされるまま、部屋のなかに入ってしまった。アトリエのようなつくりの部屋だった。机の上におかれた薄暗いランプの光でみると、壁には何枚かの絵がかけられてある。

男は部屋の片すみでなにか音をたてていたが、やがてグラスを差し出した。

「さあ、ブランデーです。薬らしい物はありませんが、これでも飲めば、少しは元気が出るでしょう」

青年はグラスを受けとり、それを口にし、むせながら言った。

「いや、ぼく自身はべつに、なんでもありません。いま、そこで大変なことがおこったのです」

「いったい、どうしたんです。あなたのように夜の登山をする人など、めったにありませんよ。事故なんか、おこるわけがありません……」

男は笑いながら、青年のグラスにブランデーをつぎ足した。

「……まぼろしでも見たのではないんですか」

青年は今度はゆっくりと飲み、うなずきながら答えた。

「まぼろし。そういえば、まったくそんな感じでしたよ。しかし、あれは決してまぼろしではない。声は聞いたし、その言葉だってはっきり覚えている。光のなかで、青い服もちゃんとわかった。白い、さびしそうな女の顔も……」

相手の男の声は、ちょっとふるえた調子に変った。

「なんです。なにを見たんです。まさか……」

「まさか、ですって。まさかなんだとおっしゃりたいのですか」

と青年は聞きかえした。相手の男はくわしい話をしようとするようすで、ランプの芯を長くした。それにつれて光は明るくなり、部屋のなかをはっきりとさせた。壁にかかっているいくつかの絵も。青年はその一つを見て、指さしながら大声をあげた。

「あ、その絵は……」

「ええ、わたしの描いた絵です」

絵のなかには、さっきの女がえがかれてあった。青っぽい服、白い顔。さっきの女にまちがいなかった。

「その人ですよ。がけから落ちて……。おそらく、死んだかもしれません」

と、青年は早口に言った。相手の男はうなずいた。

「ええ、死んだのですよ、がけから落ちて。二年ほど前の夜のことです」

「二年ですって。なにを言うんです。いまですよ。いま、この懐中電灯の光で見たんです。だからこそ、この家へかけつけてきたんですよ。ぼくは助けようとして手を伸ばしたんですが、女の足の下の岩が崩れ、まにあいませんでした。しかし、早くさがして手当てをすれば、まだ見込みがあるかもしれない。助けにいきましょう」

だが、相手の男はあわてず、椅子に腰をおろし、つぶやくように言った。

「助けられるものなら、助けたいですよ。しかし、それは二年まえのことなのです。ええ、二年まえだろうが、なんだろうが助けられるものなら、もちろん飛んで行きますよ。なにしろ、あの女が死んだのは、なにもかもわたしの責任なのですから」

「すみませんが、ブランデーをもう少し下さい。どうもよくわからない。なんのことなのか、説明してもらえませんか」

と青年はふしぎに思い、つい椅子にかけた。相手の男はびんを押しやり、うつむきながら話し出した。

「わたしは画家です。わたしの父も画家なのです。いい父なのですが、一つだけ意見があわなかった。その一つが問題だったのです」

「お父さんのことより、その絵の女の人についての話を、早くして下さい」

「ええ、わたしは彼女が好きだったのです。好きなどといった程度ではない。ほかには女性がいないと思えるほど、熱をあげました。もちろん、結婚したいと思い、彼女のほうにも異存はありませんでした」

「それならいいじゃありませんか」

「しかし、父が反対でした。素性がよくないというのです。わたしは板ばさみになりました。彼女はわたしのことだけを考えればいいのですが、わたしは父のことも考えないわけにはいきません。わたしは決めかね、煮えきらない態度をつづけました。彼女はわたしが冷たくなったのかと思いこみ、発作的にここに旅行し、谷へ身を投げたのです。二年まえの夜……」

　青年はブランデーをぐっと飲み、その先をうながした。

「それから……」

「わたしは生きてゆく気力がなくなり、父にわがままを言いました。そして、父はその要求をかなえてくれました。つまり、どうしても彼女のことが忘れられなくて、ここに小さなアトリエを建て、暮すことにしたのです」

「そうでしたか。こんな所にしゃれた家があるのは、なぜかと思いましたよ。それで、お父さんは」

「父もいっしょです。いま、むこうの部屋で眠っています」

「事情がわかってきたようです。ぼくの見たのは、まぼろしの一種だったわけですね」

「わたしは記憶をたどって、彼女の絵を描きました。彼女は思い出のなかに、ありありと残っています。だからこそ、この絵ができたのです」

　男の声は少しずつ高くなった。絵の女をみつめる目も、異様な輝きをおびはじめていた。青年もその視線の先の絵を、あらためて見なおした。ていねいにこまかく描かれた絵だった。ほかの絵はこのあたりの風景画らしく、人物をあつかったものはそれ一つだけだった。恋した女に死なれたため、それを最後に風景画に転向したように感じられた。

男は食いいるように絵の女をみつめ、うめくような声を出した。

「死ななくてもよかったんだ。わたしがもっと、父に自己の考えを主張しさえすれば。ああ、なんという、とりかえしのつかないことをしてしまったのだろう……」

青年はその心境に同情した。

「すると、まぼろしの彼女が口にした言葉は、あなたのことだったのですね」

「え、彼女はなんと言いましたか」

「まぼろしの声でしょうが、はっきりとおぼえていますよ。ぼくが助けようとすると、あなたにはあたしを助けられない、とか……」

「そんなことを言ったのですか。わたしのことだ。わたしでなければ助けられないのだ。わたしなら助けることができる。わたし以外には、助けることができないのだ。こうしてはいられない。早く助けに行かなくては……」

男は叫びつづけ、そばにあった服を身につけはじめた。青年はそれを見て、あわてて引き止めた。

「まあ、待って下さい。お話で事情はすっかりわかりました。ぼくはまぼろしを見たのです。それなら、なにも出かけることは……」

「いや、彼女に対して、わたしは助ける責任がある。ほっておくわけにいかない」

相手の男が逆上したらしい様子に、青年は困った顔になった。しかし、すでに死んだ女に対して、いまこれほど逆上できるというのは、好ましい狂気のようにも思えた。

「しかたがありません。ぼくもいっしょに行きましょう。懐中電灯も持っています」

まぼろしであったことをはっきりさせれば、この男も落ち着くだろう。それまでは、さからわないほうがいいのかもしれない。

男は服を着おわり、靴をはいた。青年はそれに従い、夜の道を下った。あいかわらず激しい流れの音が聞こえ、聞きようによっては、女のすすり泣きのようにも響いていた。

「どこです、彼女がいたのは」

男が言い、青年は答えた。

「あ、そのあたりでしたよ。さあ、あきらめて家へ戻ったらどうです」

なにげなく、青年は懐中電灯の光を道から上げ、さっきの場所を示した。

するとその光のなかに女がいた。さっきの女。青い服の、白い顔の女が……。

　男は夢中になって呼びかけた。

「おい、助けてやるぞ。わたしだ、わたしが助けにきたぞ。動かないで待っていろ」

　あまりのことに、青年は言葉が出なかった。光をむけて立っているだけがやっとだった。その光のなかで、男は手を伸ばし、さっき青年が試みたのと同じように、少しずつがけのふちに近よった。

　そして、男の手は女の手に触れた。だが、そのとたん、岩が崩れ落ち、二人の姿は光のなかから消え、闇だけがあとに残った。

「とんでもないことをしてしまった。まぼろしの女の所に、案内などしなければよかったのだ。そのために、死ななくてもいい男をこんな目にあわしてしまった。言い訳のしようがない。しかし、知らせるだけは知らせなければ……」

　青年はわれにかえると、ふたたびアトリエ風の家にかけもどった。そして、ドアのなかにかけこみ、叫び声をあげた。

「起きて下さい。とんでもないことになってしまいました」

　何回もくりかえして叫んでいるうちに、やがて足音がし、ランプを手にした老人があらわれた。薄暗くはあったが、いまの男とどことなく似かよっていて、父親であることを察することができた。

「どなたですか」

老人はゆっくりと言い、青年は早口で事態を告げた。

「申し訳のないことになりました。いま、そこで……」

しかし、老人はいくらか耳が遠いらしく、落ち着いたようすで、部屋に通るようにうながした。

「どなたですか。なにがどうなったのです、こんなおそくに……」

青年は部屋に入らざるをえなかった。そして、責任問題はあとまわしにして、まず重要なところを、大声で言った。

「あなたの息子さんがね、そこのがけから落ちて……」

老人はうなずいた。

「ええ、死にましたよ。かわいそうな息子です」

「ど、どうしてご存知なのです。そこのがけから落ちたのですよ」

「知っています。二年ほど前の夜のことでした。あなたは、息子のお友だちですか。よくたずねてくれました。まあ、そこの椅子におかけ下さい」

しかし、青年は立ったままだった。

「椅子なんかにすわってはいられませんよ。息子さんがね、いま、女の人を助けようとしたのですよ。その絵の……」

青年は声をはりあげ、壁のさっきの絵を指さした。だが、その声を途中で飲みこまなければならなかった。青い服を着た、白い顔の女の絵ではなかった。少し前まで、ここで話していたあの男の絵だったのだ。

耳の遠い老人は、どことなくさびしそうな表情でうなずいた。

「ええ、息子です。わたしが描いたのです。二年ほどまえに、あれが死んでから、すぐに描いたものですよ」

青年は絵に近より、見つめ、指でそっとさわった。絵具は乾いていて、だいぶ前に描かれたものにまちがいない。彼は老人をふりむいて聞いた。

「息子さんは、どうなさったのですか」

老人は追憶にふけるような口調で語りはじめた。

「いい息子でしたよ。才能もあり、まじめで、親思いのいい子でした。しかし、息子はある女に熱をあげ、わたしはその結婚に反対しました。わたしは息子のためをおもって反対したのですが、あれはその女といっしょに、そこのがけから身を投げてしまったのです」

「しかし……」

「あんなことになるのだったら、わたしはああまで反対はしなかったのに。本当にかわいそうなことをしてしまいました。わたしはそれ以来、ここにアトリエを移し、息子の絵を描いたのです。そして、あとは近くの風景だけを描き、息子のことを思い出しながら、ひとりで余生を送っているわけなのです」

「しかし……」

「息子を死なせたのは、わたしのせいです。死なせたくなかった。あなたが息子のお友だちなら、なにか思い出を聞かせて下さい」

「しかし、息子さんはいま、たしかにそこのがけから……」

と、青年はいまの経験を説明した。

「すると、そこでわたしの息子のまぼろしをごらんになったとおっしゃるのですね」

「ええ、とてもまぼろしとは思えませんが、お話のようすだと、やはりまぼろしだったのでしょうね。ずいぶんはっきりしていましたが」

「そうでしたか。どうでしょう、わたしをこれから、その場所に案内してもらえませんか。わたしは息子のまぼろしに会いたい。そして、あやまりたい。できれば、死ぬのを思いとどまらせたいのです」

老人がランプを手に、よろけながら立ち上るのを見て、青年は飛びつき、椅子にすわらせた。

「やめて下さい。それだけはやめて下さい」

「いや、わたしは息子に会わなければならないのだ」

「しかし、それだけは……」

青年はやっきとなってとめた。なぜかはわからないが、こんどこそ、とめなければならないことは確かだった。やがて老人は、無理に争うのをやめた。

「そうですか。やめることにしましょう。息子のことを思い出して、つい夢中になってしまいました」

「そのお気持ちは、よくわかります。たった一人の息子さんをなくされて、さぞつらいことだったでしょう。しかし、まぼろしに近づくのを思いとどまっていただいて、ほっとしました」

「どうです。しばらく休んでいらっしゃいませんか。夜あけまで、あと二時間ほどですから」

青年は疲れを感じていた。だが、この家からは離れたい気がした。一人になって、混乱した頭をまとめてもみたかったのだ。

「ええ、ご好意はありがたいのですが、その夜明けまでに、頂上に行かなければならないのです。時間をつぶしたので頂上までは行けないかもしれませんが、少しでも高い所へ行って、朝日の写真をうつすのが仕事なのです」

「そうですか。お仕事では、むりにお引きとめはいたしません」

「では。どうか、変な気をお起しにならないように」

青年はこう言って、外へ出た。そして、懐中電灯を片手に、上りの道を歩きつづけた。しかし、考えをまとめようにも、どう考えたものか手のつけようがなかった。若い女、男、その父親の老人。それらは記憶のなかではっきりしているのだが、どう結びつけたらいいのかわからなかった。

若い女、男、老人。青年は何回も同じことを、くりかえしてつぶやいた。その結論はいっこうに出てはこなかったが、ただ一つの気になる点が、しだいにはっきりと、形をとって浮かびあがってきた。

やはり、朝まであの家にとどまっていたほうがよかったのでは。そして、老人が出てゆくのを、あくまで止めるべきだったのでは。老人の表情、声、動作など、すべてが息子に対する愛情であふれていた。

あのようすでは、まぼろしであろうとも、息子を一目見るために、老人はがけのふちに出かけるかもしれない。その時、またもあのまぼろしが現れたら、老人はわれをわすれて、ひきとめようとするだろう。なんとかして朝まででも、あの老人のそばにいてやらなければ……。

青年は立ちどまり、あわてて道をひきかえしはじめた。家にまだいてくれればいいが、まにあってくれればいいが。青年はしきりと胸さわぎを感じながら、急いだ。しかし、

「ああ、やっぱり……」

彼はつぶやき、足をゆるめた。見えるべきはずの、四角い窓の光がなくなっていたのだ。ランプを持って、老人が出かけていったにちがいない。そうでなくて、灯を消して眠っているのならいいが。

青年は祈るような気持ちで、懐中電灯の光をむけた。だが、そこにはさっきの家はなく、黄色い丸い光は、闇のなかで揺れる森の木の葉を照らし出すばかり……。

あとがき

お読みになったかたは、きっと、こんな感想をお持ちになったことと思います。まったく雑然としていて、あきれるほど統一がない。浮わついていて、あきっぽく、気まぐれでもある。それでいて、独断的だ。頭がからっぽのくせに、時どき、つまらないことで自己満足におちいり、とくいげに鼻をうごめかす。鼻もちならない態度であり、たちまち鼻についてくる。

といっても、これればかりは、どうしようもないことでしょう。本当に、どうしようもないことなのです。私でさえため息が出ます。

しかし、なかには「いや、ところどころに、ちょっとばかりだが、面白い点もあったようだ」と、お感じになったかたも、あるのではないでしょうか。そうとすれば、この本をまとめたかいがあったというものです……。

ここまで書いてきて、アルファ博士は筆をとめた。あとがきというものは、どうも書きにくい。彼は窓のそとを、ぼんやりと眺めた。

正十二面体に結晶した、美しい銀色の太陽がのぼりかけている。アルファ博士はしばらくまえに、遠い遠い太陽系のなかにある一つの惑星、地球という星から帰ってきた。彼はそこで住民に化け、生活の実態の調査をおこなった。そして、いま、やっと報告のメモをまとめ終えたところだった。

彼は整理をしながら、途中で何度も、さじを投げようとした。手のつけようがない。論理的に一貫させようとしても、どうにもならないためだった。アルファ博士はいつものくせで、伸縮自在の鼻をひっぱり、あきらめたような口調でつぶやいた。

「たしかに、こればかりは、どうしようもないことなのだ。あの、地球とかいう星の住民たちの実態がそうなのだから。まったく雑然としていて、あきれるほど統一がない。浮わついていて、あきっぽく……」

著者よりひとこと

本書『宇宙のあいさつ』は昭和三十八年（一九六三）に早川書房より単行本として刊行されたものである。のちにハヤカワ文庫に改版の時、二冊に分け、あとの半分に相当する部分に『冬きたりなば』との書名をつけた。そして、今回、新潮文庫で発行するに際し、ふたたび一冊にまとめ、もとの形に戻した。順序も最初の単行本の時と同じである。

ただし『愛用の時計』『妖精』『被害』『白い記憶』『冬きたりなば』『プレゼント』の六編は除外した。それらはすでに新潮文庫で発行されている自選初期短編集『ボッコちゃん』のなかに収録されているからである。

本書の作品は昭和三十六、七年ごろに執筆したものである。いつの日か、このような作品の広く読まれる日が来るだろうか、あまり期待はできないだろうなと思いながら、それでも自分なりになっとくのできるものをと、一編一編を書きあげていた。私の短編集としては、五冊目のものである。

昭和五十二年二月　　星　新　一

解説

百目鬼恭三郎

『宇宙のあいさつ』は、はじめ、昭和三十八年に早川書房から出版された。著者にとって五冊目の短編集である。

昭和三十八年ごろというと、日本におけるSF（空想科学小説）もようやく草分け時代を脱して興隆期に入り、星新一を先達と仰いだSF新人作家が続々と登場してきたときである。当時の新人たちが星にどのように傾倒していたかは、ハヤカワ文庫『冬きたりなば』の解説で平井和正（かずまさ）が、「SFの若手の人たちは、みんな星さんそっくりの喋（しゃべ）り方をするねえ」と大坪直行からいわれた、と書いていることによっても十分察しがつくだろう。星のペンネームを逆さまに読むと「一新星」となるが、洒落（しゃれ）でなしに当時の星はSF界の一新星という輝かしい存在であったのである。また、彼自身としても最も脂（あぶら）ののった時期だったといってもよく、従って『宇宙のあいさつ』ははなはだ充実した短編集になっている。

ここに収められた三十五編の作品（単行本には四十一編収録されているが、うち六編はすでに新潮文庫『ボッコちゃん』に入れられているので、この文庫本では省いた）は、ほとんどがショート・ショートである。ショート・ショートというアメリカ語を直訳すると、ごく短い短編小説ぐらいの意味になるが、ただ短いだけではない。ロバート・オバーファーストというアメリカの評論家の定義によると、①新鮮な着想②完全なプロット（筋）③意外な結末、の三つをそなえていないといけないのだそうだ。その代り、SFでなければならないということはなく、ミステリでも、ファンタジーでも何でも構わないらしい。この『宇宙のあいさつ』にも、ミステリや、寓意的な小話としかいいようのない作品がかなり入っている。

星が、日本のショート・ショートの鼻祖であることはいうまでもない。星のショート・ショートの出現以後、多くの追従者を生んだが、結局この形式を十分こなし得たのは、星自身と山川方夫だけだった、というのが私の持論である。というと、カリカリ頭に来そうなSF作家がいるだろうから、あまり固執するつもりはないけれど、ことほどさようにショート・ショートはむずかしいものらしい。

星のショート・ショートを読んで、私たちがまず何よりも驚異を感じるのは、どうしてあんなに奇抜な着想が次から次へと生れて来るのか、ということだろう。星はこれまでに七百編以上のショート・ショートを書いているそうだが、そのひとつひとつが新しい着想によって作られているのである。想像力を苦手とする日本の文学の中にあって、これは空前絶後のことといわなければなるまい。それにしても、星はどうやってこれだけ膨大なアイデアをひねり出していったのか、と、好奇心をもつ読者のために、星は『SFの短編の書き方』というエッセイの中で、次のように秘密を公開してくれている。

まず、本をできるだけたくさん読んで知識の断片をふやすことだ。そのストックが多くなればなるほど、組合せの範囲も広くなり、新鮮なものの発生率も高くなる計算である。それから、その断片の組合せだが、幽霊と催眠術、友情と動物園、左利きのサル、といった雑然と頭に浮んできた組合せをメモして、そのメモをにらみながら、最もモノになりそうなものを検討する。知識の断片をコンピューターにインプットしておいて組合せをやらせる、というわけにはいかない。なぜなら、組合せをやらせる公式がないからだ。公式があるとすれば、それはもう新鮮ではないことになる。新鮮な組合せとは、公式のないもの、既成の常識や感覚にない、意外なものでなければならない。

当然のことながら、この組合せの段階がいちばんたいへんらしい。やはり星のエッセイである『創作の経路』によると、八時間ほど書斎にとじこもって、自己の才能がつきたらしいと絶望した末に、神がかり状態がおとずれて組合せが決るのだそうだ。それから、その組合せて出来たアイデアを、意外な結末をもった話に仕上げる作業にかかるわけだが、そのプロットの技術を身につけるには、小話をたくさん覚えて人に話すことがいい。他人はめったに感心してくれない存在だから、それを話にひきこみ、アッといわせるコツは、実地で苦労するのがいちばんいい。ついでにいうと、アメリカ人と日本人とではフィクションを作る技術の上で格段の差があるのは、作文教育のちがいのせいではなかろうか。日本では遠足にいったことを「目に見えるように」書くといい点がもらえるが、アメリカの子どもは、友だち同士のパーティで、面白い物語を話した者に人気が集まる。日本の作家が描写中心であり、アメリカの作家が物語中心であるのは、このためではなかろうか。

　以上が、星のショート・ショートの創作の秘訣なのである。これを読むと、星が文学でいちばん重要視している要素は、意外性と物語性の二つであることが、実によくわかる。そして、この二つの要素が日本の文学においてはもっとも稀薄であることは、いうまでもあるまい。星の作品が日本の文壇で評価されず、これまで賞らしい文学賞をもらっていないのは、このように文学の性質が異なっているせいであるにちがいない。

それから、星が文壇で評価されないもうひとつの原因は、リアリズムの拒否にあるようだ。星は作品に時事・風俗を扱わない。ベッド・シーンを扱わないのも、道徳的な信条からではなく、それが現実的だからだ。また、星の作品に出て来る人物はほとんど「エヌ氏」とか「エフ氏」とかいう奇妙な名前がついている。「N氏」というようにローマ字で書かないのは、ローマ字だとそこだけ目立つからである。どうして名前らしい名を使わないかというと、現実にいそうな名前を使うと、特定の人物のイメージを読者に与えてしまうおそれがあるからだという。つまり、星は、現実的にいるようにみえる人物を描くことを一切拒否して、作中人物を記号化してしまっている（星自身は「点化」といっている）のである。これでは、自然主義リアリズムを基調としている日本の文壇に、星が受け入れられるはずのないのは、当然というも愚かであるにちがいない。

星が、リアリズムをこのように厳しく拒否しているのは、物語性を文学のもっとも重要な要素であるとしていることと無関係ではない。現実描写なしに小説を作るとすれば、否応（いやおう）なしに物語性に頼らざるを得なくなるからだ。が、星がリアリズムを拒否しているのは、それだけの理由ではなさそうだ。その拒否のしかたは、もっと深い根につながっているフシがある。そして、星の作品を続けて読んでいると、それが厭人（えんじん）、虚無の思想につながっていることに気がつくだろう。

星の父、星一は、製薬会社を興し、アメリカ仕込みの合理主義と、卓抜なアイデアによって、大正時代の製薬業界に旋風を起した人であった。が、彼のフェアな事業競争は、対抗業者と結託した内務官僚と新聞の悪質な妨害によって、ついに挫折する。戦後、父の急死によって、成人したばかりで事業の整理を背負わされた星は、債鬼にせめられ、労組につるしあげられ、利権屋に翻弄される、という苦しみをなめさせられた。当時の模様を、星は初対面の私に「まるで地獄の責苦といったものだった」と語って、私をびっくりさせたことがあるが、決してそれは大げさな表現ではなかったらしい。

こうして、人生の裏まで見つくし、地獄の責苦をなめつくした青年が、人間不信、虚無の思想を抱くようになるのは当然だろう。星が、事業から解放されて、SFの世界に入るようになったのも、もう現実の人間、現実の社会とは鼻をつき合せるのはごめんだ、という意識があったせいではあるまいか。そう思えるのは、たとえば、「未来を舞台にしたSFのなかには、ずいぶんいやなシチュエーションのが多い。第三次大戦後の悲惨な世界のもあるし、自然界の異変で人類が滅亡してゆくのも、宇宙からの侵略者の制圧下にあえぐのもある。だが、そんな世界にも読者は魅力を持つのである。たえがたい人間関係が存在していないから、爽快感もあるのである」(『郷愁』)とか、「落語は庶民の反抗精神の産物だという説があるが、私はそうは思わない。もっとドライなアンチ・ヒューマニズムというべきものが底にあるようだ。落語には毒があるのである。うすのろをばかにし、死者をからかい、失敗をあざ笑い、病人に非情である。(中略)いつの世にもヒューマニズムが叫ばれているということは、人間がいわゆるヒューマンでないからこそだ」(『落語の毒』)といった星自身の言葉があるからだ。断わっておくと、この人間不信の文学説は、私の創見ではない。既に平井和正らがいっていることなのである。

私は星新一の童顔を見るたびに、一つの昔話を思い出す。それは、中世のある国の王様が、家来の裏切りから戦さに敗れ、城に幽閉されたまま生涯を終えた。その城の中で、王様は、紙で作った人形で戦争ごっこをするほかは何もしなかったという。そして、その紙の人形はどれもみな顔が描いてなかった、という話である。こういう話に説明をつけ加えるのは、それこそ蛇足というものだが、念のためいっておくと、王様はもう人間にはこりごりしたから、そんなことをして遊んでいたのだということであろう。星にとってショート・ショートは、その紙人形みたいなものかもしれない。

(昭和五十二年一月、文芸評論家)

この作品集は昭和三十八年八月に早川書房より刊行され、のちに全編が新潮社刊『星新一の作品集』のII・III巻（昭和四十九年七・八月）に収められた。

宇宙(うちゅう)のあいさつ

新潮文庫　ほ－4－10

昭和五十二年三月三十日　発行
平成十五年五月十五日　五十九刷改版
令和六年五月三十日　八十五刷

著者　星(ほし)新一(しんいち)

発行者　佐藤隆信

発行所　株式会社新潮社

郵便番号　一六二―八七一一
東京都新宿区矢来町七一
電話　編集部(〇三)三二六六―五四四〇
　　　読者係(〇三)三二六六―五一一一
https://www.shinchosha.co.jp

価格はカバーに表示してあります。

乱丁・落丁本は、ご面倒ですが小社読者係宛ご送付ください。送料小社負担にてお取替えいたします。

印刷・株式会社光邦　製本・株式会社大進堂

ISBN978-4-10-109810-4 C0193